普通的戀愛

謝凱特　著

每個人都有信仰。
我們唯一能選擇的，只有要信仰什麼。

——大衛・福斯特・華萊士

Everybody worships.
The only choice we get is *what* to worship.

——David Foster Wallace

目錄

〇〇 化蝶

梁祝故事中，最後梁山伯與祝英臺由於生前未能在一起，於是死後化作蝴蝶相伴，這是現今流傳的梁祝版本。在故事類型中，此類原型是「夫妻樹」故事類型，意即兩人情深至死不渝，化作他物常伴左右。連理枝，比翼鳥都歸在此類，梁祝故事又加入「魂化蝶」的情節，巧心地結合了兩種美妙的意象，劇碼雖古老，但仍一再傳演，舞臺劇，電視劇，傳統戲曲每隔幾年就要搬出來酬神似的演一次，而觀眾也總在期待祝英臺至梁山伯的墓前祭拜，墳墓崩裂，英臺跳入墓中，背後樂隊下音樂點，鑼鈸大響，自墓裡飛出兩隻蝴蝶的最淒美一刻。

雖是老哏，但從夫妻樹到魂化蝶，不斷搬演同樣戲碼，不為開觀眾眼界或譁眾取寵，而是戲劇本身彷彿也在酬答觀眾心中掌管愛情的神衹。

念文學院時，常常在想為什麼祝英臺一頭撞進梁兄的墓時，靈魂化生而出的會是兩隻蝴蝶，而不是其他的物種：像是飛出兩隻蜻蜓，爬出兩隻蜈蚣，或即便是兒歌般地跳出兩隻老虎，聽起來多麼歡樂。

當然，訓練有素的文學院老師教授或學生們熟知文字中的關竅，若是將此問題詢問他們，會得到許多引經據典的答案：如Psyche一詞同時有心靈和蝴蝶兩種意思；而自毛毛蟲化蛹蛻變成蝴蝶，正好是人從肉身蛻變為精魂；或者，直觀來說，蝴蝶飛舞的輕盈美麗形象，正好投射了靈魂和愛情的想像。

但我有時會想，為什麼梁祝一定得化作蝴蝶，若是化為兩隻糞金龜推著兩球土走出來，也未必不能代表兩情繾綣，至死不渝的形象。

屬於金龜子科下的族群一類，糞金龜會用倒立的方式，將後足崁入動物屍體或糞便之中，緩慢倒退推行著，堆到預先挖開的通道或巢穴之中作為食物，在生態圈中屬於分解者的角色。

猜想得到多少同學教授會說，這個意象未免，太不浪漫了吧。但或許大部分人的愛情都像糞金龜，在瑣碎又重複的日常裡，推著糞便如薛西佛斯的巨石，堆到角落的巢穴，消化彼此過去的醜惡，還給關係裡一個乾淨的環境——這似乎是優雅的蝴蝶做不到的事。

幸好有人相伴，陪著一起推。也可以是很浪漫的事。

1

我未竟的志願

N撥起弦，木吉他音箱裡共鳴著的不只是夜間校園對著當初班對女友彈唱的記憶，當初的感覺也從中如弦外之音般的湧出。遂放下吉他，真真切切地再也不彈了。

〇一 我的志願

常常在想，有沒有誰的志願是成為一個普通的人？

曾經在服役時到山區小學帶小朋友進行寫作課程，向老師詢問現在作文教學的大致內容，我驚訝地得知這輩的孩子們已經不寫「我的志願」這樣的題目。「太抽象，太遙遠，太煞有其事吧。」老師這樣回答。現在的題目改成了〈我長大以後〉或〈我最想做的事〉，白話近人，切合生活。

想來也是，小時候看到這個題目時全然未明何謂志願，盯著黑板或作文紙發呆，老師或大人總得在旁邊再翻譯一次題目：志願就是你長大想做的事情啊？想變成哪一種偉大的人？

時代的眼淚越來越多了，或許〈我的志願〉終將成為我輩七年級生的回憶，那時的大事件是萬年國會退位，總統即將公民直選，大人一看到這題目馬上就跳起來指點孩子：你就寫要做總統啊，做總統多好多偉大賺多少錢。再進一步細問長輩親戚該怎麼做總統就個個無言，沒有實際執行計畫。

為了掙得大人開心，大家多半從總統退一步寫當醫生當律師，再不就當太空人或科學家，怎樣都是社會菁英，有頭有臉。沒有人理解小時候我偷偷在作文簿寫下「我的志願是當個清道夫」又擦掉的謹小慎微是怎麼回事，只是心想清晨無人時把街道掃淨，拖著竹簍為了幾片落葉而忙碌，在上班上課時間前先行撤退，無人知曉擁擠熱鬧的城市之前有一段冷藍色的時光，一小群人默默出現，一些重要但未曾引人注目的事情正在發生，默默消失，安靜地活在那個嘈雜的年代裡。

安靜地活著，或許，那擦掉的字跡既是本意，又是預言。

那時，大家都習慣胡謅一個安全牌志願，套上作文起承轉合公式，加上幾句某某人説的經典名言，末了再加一點濟世救民的調味味素，一整篇謊言就這麼起鍋了。班上三十多個同學都是這麼寫作文的，我不例外，不明白改作文的老師吃這道菜怎麼都吃不膩，我和同學私底下交換看彼此作文都要互相嘲笑，是喔原來你想要有教無類，是喔原來你想要到世界各地義診，就像現在我們對著彼此過度修圖美化的照片嘲笑：是喔這是你喔，這是妳喔，笑死人了根本不是啊。事後證明我們多半活在自己想像的世界裡登高為王，寫著想當老師的同學最後常説自己最討厭小孩，寫著到非洲義診的同學最後成了醫美診所的醫生，而他方，遙遠的他方，也未必缺乏醫療資源，不缺一個英雄或史懷哲，憑空而降地拯救世人。

他方，他人，何必為了你的志願而存在著？

高中將畢業時，我才學會自拍。

對很多人來說都晚了吧，關於自拍這件在現下如此易如反掌的事——反過手掌，將手機前鏡頭對準自己，一邊觀察，一邊把最美好的自己定格。但當時的手機還沒有前鏡頭，要替自己拍照，除了假手他人，唯二方法，就是拿著相機對著鏡子裡的自己拍照，只有這樣，才能同時確認鏡子和鏡頭中的自己是什麼樣子。

那個年代大半的自拍照也都長成這個模樣：每個人挑東撿西，把覺得代表自己的符號掛在身上，忘記身後的背景是廁所、浴室、試衣間或是運動中心更衣室，於是出現了戴著草帽穿著紗麗的可愛女孩，身後卻是馬桶與滾筒衛生紙；或是炫著新打耳洞與新耳環的人，畫面拉遠一瞧卻是好多人正穿著泳裝打著赤膊走來走去。看到這些照片的人們也不覺得奇怪，反正，我們都默默接受了雜蕪的背景，選擇性地只看見想看見的部分。

那時哥哥已經買了第二臺的數位相機，把舊的擱置在家裡。我好奇地把玩，無意間也發現對鏡自拍的方法，興奮地把白襯衫和領帶往自己身上穿掛，擺定側臉姿態，一副事不干己、迴避鏡頭的不屑神情，但任誰都看得出影中人牢抓著相機，人格解離般地替自己拍下婉拒世界的樣貌，背景卻是貼滿老舊白磁磚的浴廁，釘著白漆掛勾，晾著毛巾，而鏡子邊框還是圓形廉價塑料製品，除霧的紅開關和插頭就亮晃晃地擱在一旁。

我在照片的說明寫下：我的心裡有一個他，如果不能找到他，就自己變成這個他。

不久的後來我就談了戀愛，像一本勵志書，或是吸引力法則說的，立下志願，確定方向，全世界都會幫助你一樣。男友K與我想要的樣子相去不遠，商院畢業的他時常穿襯衫打領帶，自學校期間開會或報告都筆挺地出席，一副老早已長成大人的幹練樣貌，卻總是拒絕世界，並參與社會運動，上街頭、喊口號、發宣傳單。起初，對於這樣的初戀我著迷不已，每每都要想著菁英分子如他挽起襯衫袖子，拉出下襬，在烈日暴雨底下為了少數高聲疾呼。但我們實際上聚少離多，他無心待在關係中，就像他對於任何穩定的結構感到反感，我時常看到的都是他的背影，以及後頸髮尾那推得再平整，一段時間仍會蔓生出來的逆時鐘髮旋。

戀情很快告吹。

我那時還不懂得揣測自我，是否將意象和物件誤讀了，就像誤讀急著長大的K與尾隨他腳步的我，只是願意一再進入與他人的關係，不停地認識陌生人，見面，變得不是那麼陌生，隨後，又重蹈覆轍地妄稱自己錯認，再度變回陌生人。

後來與男友A交往，感情穩定數年，直到他退伍，即將進入職場。我陪著他去訂製西服，挑選布料的紗織數、顏色、剪裁版式，看著打版師傅把布料一塊一塊往他身上拼貼時，心裡終於浮起那麼一點虛榮感，彷彿穿著西裝的人是我不是他，我的樣子也在他身上漸漸拼湊清楚。幾天後，他穿著新縫製的西裝面試，很順利地錄取了，工作了一段時間，我一直以為，西裝包藏的，或許不是什麼俐落幹練，成熟練達的代表，而是我想望的人生，就這樣穿在了他的身上。

一日我們相約在他下班後一起用餐，但他開車繞了好幾圈，餐廳若不是人滿為患，就是不入彼此的眼。車陣中的他煩悶起來，我也隱然嗅到在兩人不語中，尷尬異常的氣味。交往數年間，這樣的氣味似乎日漸濃郁，直到我終於意識到那惰性氣體般的低盪漸漸滿盈，直到快要淹沒彼此。

我們去吃那家便當店吧，就那家。

我終於忍不住打斷這沉默，指著前方的招牌，像是為了平息他沒出口的怒意似的說著。那是一家有著一些人排隊的知高飯，便當任選三樣菜，搭上滷豬腳腿庫只消八十、九十元的日常小店。他停好車，隨著店門口的排隊隊伍點餐，進入餐廳，併坐在塑膠椅和拜拜用折疊方桌前，一邊用湯匙彎腰舀飯菜吃，一邊又抬起頭看著電視新聞臺無事可說卻說得特別用力的新聞。他的西裝外套被我抱在腿上小心地保護著，避免飯菜湯汁滴落，「如果沾到菜汁就要乾洗了很麻煩的」，我這樣嘮叨叮嚀，他也不置可否。我們互換菜色，他自我的餐盒裡挖走番茄炒蛋，我自他的餐盒裡夾走青菜，用餐完畢，我檢查腿上的淺灰色外套仍乾淨如初，但他的褲管上不知道什麼時候沾到了菜湯，浸濡成一小塊深灰。我皺起眉頭，趕緊抽衛生紙擦拭，但油漬是怎樣都擦不掉的。而他只是淡淡地說，沒關係，反正送洗就好了。

這樣的冷淡莫名激起我的各種情緒，也不知道怎麼回事，回程車程的我非常沮喪，直到他將我送到住處，我還是一直非常介意那塊淺灰變深灰的油漬。

那天晚上我們仍簡單傳訊，互道晚安，就結束一天，彷彿一切事情都不曾發生過一樣。

所有的日子，就像這一天一樣，發生了什麼，到最後，彷彿又憑空消失。

後來因為就學關係，我搬到花蓮，時序已經進入社群網路時期，臉書在同學之間興起，人與人都在上頭聯繫彼此，同時建立自我，拍人的，自拍的，影像鋪天蓋地而來。我的鏡像裡多了一些東西，帆布鞋，後背包，沒嘗試過的衣服款式，以及誇張到引人矚目的紅頭髮。我每每見設計師時總是在討論染劑色票上哪一種最亮、最淺、純度最高，好跟別人不一樣，換得幾個驚訝和按讚。

生活被分割成網路上的，和現實中的，但我和他卻不曾在哪個社群網站上互加好友，彷彿一開始我就隱隱然想要撇下他了。現實中，我們僅僅保持聯繫的是電話，夜裡我總揣想他何時會打來，但其實也並非想要聽到他的聲音，只是覺得害怕，害怕無言以對，害怕對多年感情已然乏善可陳的話筒裡，鋪天蓋地而來的低盪，又會壓垮我對關係的想像。

或許空間切開的不是我和他，而是舊的我和新的我。

最後我仍與他斷了音訊，避免一再重複的無話可說，像無可救藥的生活就這樣日復一日的過。一日下課回來，發現租屋處門口擺著我曾送他的生日禮物公事包、替換襯衫、領帶，以及一張紙箋，筆跡像是猶疑很久地在紙上點出一團墨漬，寫了幾個看不清的字，通盤劃掉，再度寫下：還你，好好保重。

望著紙箋上的墨點和凌亂的刪劃線，才想起，我們已經很久沒有好好說話了。歉疚感要到很久以後才會出現，當下，我只是鬆了一口氣。那句「還你」，彷彿把乾淨的人生還給我們彼此二人。看著那些禮物，就想起那些志願，我穿起那些襯衫，望著鏡子，幾年後我也成為穿襯衫的人了，發現想當個大人並不容易，不是一件襯衫、一只公事包、一條領帶就能了事的，自己未必需要這些披披掛掛的物件。我的志願不必假手他人，假手男友，也不必假借一套服裝意象撐起自我。

是人穿衣，而不是衣穿人。很多時候，我都忘記這很簡單的道理。

於是我褪下襯衫，清洗，晾乾，扣上一顆一顆的扣子，把我撐不起來的樣子，回收。

我的作文最後寫了什麼呢，細節壓根就忘了，只是知道這些非真心的胡謅志願像免洗筷一樣，用一次，就拋棄一個，每次遇到要寫我的志願的時刻，難免會想到那些曾經被我寫過的，教師，公務員，法官，原本想望這些職業以為適合自己的，但到最後，每項優點特色都離我越來越遠，作文批返，那些分數紅字評語昭昭，背後顯現再清楚不過的事是：當小學教師其實是怕與大人相處，當公務員其實是對變動中的自己沒有自信，當法官有時只是貪戀權力，寫下「要懲治所有壞人」的句子，心底想的其實是把別人都踩在腳底下，如此一來，高高在上的我既安全無虞，又握持法理的天平。行文寫下關乎正義公平的千言萬語時，不免懷疑，自己若成了法官，真的能擔起責任嗎？最後總是在當風紀股長時，替自己的好友同學辯護開脫；眼見那些被登記在黑板上的，其實，都是自己平時看不順眼的人。

我撐不起的想望，最後都背叛了我自己。當時的我，並沒有發現這件事。

很後來的後來，我沒要學生寫〈我的志願〉這樣的題目。其實也不必寫，孩子們下課繞在我身邊說話，或是伴讀時間之時，他們很早就說過自己以後要做什麼了：當歌星，當電競選手，想環遊世界的，當火星人的，或是很誠實地說不知道，也有的孩子會說：我想舒舒服服地活著。我害怕的事，是如果志願真的成了作文題目，他們看著講臺上的我，一定會眼神丕變，收拾起玩鬧的心，猜測這個大人想要什麼樣的答案，寫什麼才會讓老師高興？

時空一震，我想起某時某地，曾經也有某個人，用著這樣的眼神，看著我，揣測什麼是我想要的，要說些什麼，做些什麼，多熨貼我的內心一些。

然而此刻我到底沒有出題給誰，不必猜想了，就連我自己都會悖離我自己了，你們，選擇你們想要的就好。

我仍舊常想到自己會寫下，想當個清道夫，那般心裡出現靛藍色澄澈安靜的時刻，想著穿起反光背心，戴著斗笠的樣子，無人知曉我的過去與未來，此刻僅只是把眼下的落葉掃清（如同三十多歲之後與男友同居，我也將拿著吸塵器與抹布，默默做著這件無可誇耀但重要的事情）。

如同千門萬戶裡的人一般，隱姓埋名，普普通通地過著自己的日子。

我的志願是當個普通人，有一段普通的感情，不為他人冀盼地過個普通的人生。

學期

你是怎麼記憶時間的呢？

小時候喜歡開始跟結束，在炎熱的日子裡喜歡暑假第一天的第一支冰棒，暑假結束前喜歡把所有東西收拾好放到書包裡，把書包塞得鼓鼓的飽實感，開學的第一天喜歡跟一群認識不認識的人去合作社搬課本，打開新書的時候忍不住把所有內容翻完，決定這學期要喜歡哪些科目哪些要討厭，在新的書封寫上名字的時候簡直把自己當成了天文學家，訂定今天是某個紀元的第一天，日子開始了，一切都充滿可能。

過程是一種漫長摧衰，像等待夏日的花到秋天自己凋萎：我總是在喜歡的課本上寫錯字，塗塗改改得再好，卻總是看見抹去的痕跡；在討厭的課本上勉力寫下要自己努力的話，然後毫無耐心地拿螢光筆亂畫重點，最後分數跟筆記一樣難看。這種時候我會忍不住等待一場盛大的毀滅到來，像是學期末，學校的資源回收總能讓我脫離父母的監視把各種講義課本拿去廢紙廠毀屍滅跡，成績好的壞的都要全部攪進輾壓機裡壓碎。

占星學有一種軸線理論，在星盤上總能找到自己星座對面的另一個極端，它代表一個人此生都必須面對的功課，金牛對面的天蠍，擁有對面的毀滅，在各種衰亡裡必須透視物質的本質。

你記不記得小時候有一種電子表，它非常便宜，成本可能不到二十元，只有顯示時間跟調整時間兩種功能（而有著冷光背板、計時和鬧鐘等功能的已經是進階好幾層的版本了），到現在這種玩具手表連夜市的攤商也不賣了，只是放在夾娃娃機裡給人試試手氣和技術。

小時候我非常喜歡這種手表，因為它調整時間的按鈕設計在側邊凹進去的區塊，我必須用指甲用力往內壓才能按得到那就像一顆微小的痣般的按鈕，但是一壓下去，表面就會變成00:00，像是時間要不要開始，都在於我要不要壓下那個極為幽暗又難以觸擊的孔洞。

我始終想不起來每一段的愛情開始的正確時間，我說的總是和對方的不一樣。印象最深刻的事情是，我和某任男友交往的時候，一次我們討論你我是怎麼變成「我們」這種複數型的時候，我們一開始想起的是在聚會的餐廳裡。他送我回家，檔車在某個紅綠燈口停下，我從後照鏡的仰角裡看到他正看著我的眼光，好似確定彼此都在的眼光。

我說，那是你我變成我們的時刻。

他卻說，他幫我扣上安全帽扣帶時，他就覺得已經開始了。

愛情在他身上是有侵略性的，像火。於我卻是肯定的，像水凝結成冰的那一刻，兩個人用眼神，用感覺，同時按下確定鍵，時間都凝固。

愛情走的時候正好相反了，於我是冰融，無聲無息的，我常常這樣結束愛情，對彼此歉疚到不能再說道歉了，就在那一瞬間把冰融解，讓時間流進土裡。

有個朋友總會說，沒有誰分手是真正的和平的，不會有一對情侶分開的時候能夠好好坐下來談，氣氛和平的就像什麼歡送會，一方喝著咖啡說說自己接下來的新希望，另一方搖晃著紅酒微笑聽著還能給予祝福。

「如果真的能這樣談事情，那有什麼事情不能解決？非得要分手呢？」

我想也是，我無法反駁他，因為我也不曾這麼的「和平分手」過。最多最多就是一封寫著抱歉的簡訊，告訴彼此時間都到了，愛情裡的摧衰有時超過我們這個年紀和心智能夠解決的程度，就按下那個難以觸擊的，調整時間的孔洞，讓時間變成00:00，毀滅這些擁有，把愛情裡的所有記憶留待我自己慢慢咀嚼符號背後的意義，讓我自己長大，直到我能看穿物質的表面，到達軸線的另一端。

我的時間現在還在00:00，但我想我已經準備好了，下一次，這個手表可以走得比上次更久，更久，也許到我不能按下歸零孔洞的一天，這一段愛情會在世界上一直以某段數值保存著，像一本曾經存在過的曆法，紀錄行星的運行。

〇二 班對

我曾經很羨慕班對這種自成宇宙的小單位關係。

班級中的班對，在多數人眼裡是一個愛情的範本：曾經聽聞過的情節、想像的畫面，都等著班上的璧人搬演著愛情對手戲的劇本。常常，在枯燥乏味的課堂中，假若教師或課本提到關係、交往、感情，所有同學明裡暗裡轉頭瞥眼，看客一般等候班對的反應。私下則間接或直問班對牽手了沒？到幾壘了？對著明明是同學卻像在問偶像劇演員劇情演到哪裡了？沒問到核心會感到失落，問到了卻又驚呼尖叫像被爆雷劇透。班對彷彿罪人，也像英雄，在眾人面前，並先於眾人，對著近在咫尺的禁果伸出手來，只剩觸碰。

比起進度，我更在意他們的日常。

隨機分配的班級，隨機搬排的座位，某與某，在恆常煩悶的學校中，在哪個時間點決定了彼此的位置從朋友變成戀人呢？像這樣隨機般千萬分之一的巧合，匯集不同的元素，摩擦，產生火花，我難以想像這樣四散在日常的機運，通過時間甬道，結成繫絆。畢竟，像我這樣的同志，在那相對封閉的年代，只能利用網路社群家族，替我篩選相同的族群，婚活*般在眾多條件中揀選挑配。幾任男友相識到相戀，傳訊息，聊天，見面約會，常是越過大半城市，大半島嶼的跋涉。

順理成章，日日相會，這樣的感情我未曾有過。喜歡的人自早到晚相伴，再乏悶的學生生活都會變得有滋有味吧。我曾想像自己假若在班上也有個戀人，我來學校的目的和心情會全盤丕變——期待兩人便當併成一份雙人套餐；期待當我回答不出老師的提問時他會舉手替我解圍；期待放學時我並不會匆忙離開這令人困頓的教室只因彼人就在教室門口等候；甚至期待游泳課時更衣入水彼此見到彼此胴體害羞得逃開——這或許都是外圍者如我的餘數，失重地漂浮在太空之中而遠去時，對宇宙中心的想望。

故事的核心，總不是外圍的人想像的樣子。

多年後，我在某個聚會場合見到曾是班對的N時，無心地問及他們的後來。但其實大半朋友都曉得此後的故事：他們分手，各有發展，L遠嫁他鄉，在海的另一端，有了三個孩子，儘管防火牆築得甚高但也時不時就翻牆上傳小孩照片，晒晒親子恩愛；N退伍後交過幾任女友，很快都分手，不算太重要的人生經歷，他說，他自覺無心經營，面對短暫的感情只有對著不同的她抱歉再抱歉，此後把心思放在工作，轉考金融證照，從業幾年後成為主管，職場裡以為他是不苟言笑、一板一眼的人，卻無人知道他原本是個彈吉他的文藝青年，浪漫得可以在夏夜宿舍外的燈下練習自彈自唱自己譜的曲、寫的詞。

「你知道牛郎織女為什麼會被分開嗎？」N反問我。

天河之東有織女，天帝之子也。年年機杼勞役，織成雲錦天衣，容貌不暇整。帝憐其獨處，許嫁河西牽牛郎，嫁後遂廢織紉。天帝怒，責令歸河東，但使一年一度會。典故出現的文本，除了天帝對織女廢織紉而怒分二人，民間故事也流傳是王母娘娘以髮簪劃開天空，出現一道銀河，分開牛郎織女。我猜測N想說的，是假托牛郎織女縱情逸樂而忘記本分，或者，我甚至藉此故事聯想到他們分手的實際可能，是某一方的父母介入了他們之間，迫使他們不得不專心於課業和生涯規畫。

他們交往最後幾個月間，L的父親病重，家裡負擔不起醫藥和病房費用，她先是利用課餘時間打工，以為多少補貼，但最後還是得休學成為全職員工，加上母親的總收入和保險費，日子勉勉強強輾過去了。N幾次跑去餐廳裡找端盤子的L，她都會擺出一副很好啊我沒事的樣子，說要招待他一份美式烤餅乾或是炸薯條。N知道那錢會從她的薪水扣，幾番推諉，L拗不過，問他週末有沒有空，很久沒有約會了呢！

好啊。等妳有空再說。N說。她被內場鈴叫回去端菜，轉身的那刻，N有一種好詭譎的感覺從胸口湧起。

他明明是旁觀者，疼痛卻撞上了自己的身體，無法忍受此刻少年時的愛情跑進名為生活的雜質。

N覺得非常悲傷，若是他自己，他絕對無法像她一樣，既要浪漫的生活，又要承擔生活裡的困頓。他很想念曾經在班級之中日日相處的時刻，一帆風順的小情侶時光，唯有幾次的波折是報告繳交期限迫在眉睫，而資料還沒找齊的午夜，或是偶然出現意外的追求者，惹得情侶倆小小不快。當年的自己都誤把水紋當波滔了，N這時才意識到，但，他也無力承擔，擔子究竟不是落在他肩上。

在答應她的週末約會後，N漸次少去找她了，只是發發訊息要她加油、努力，並祝福她的父親早日康復，作為僅有的安慰。不久L的父親過世，我們都畢業了，她才復學。N的漸行漸遠，她大概知道怎麼回事。幾個月後她也畢業，再過一陣子，人就不在臺灣了。

N的吉他就從那刻起擱著，後來交的女友看到這把置放在房間一角的吉他，問起，才知道他以前寫歌，還自彈自唱。胡鬧著要他唱以前寫過的歌，N撥起弦，木吉他音箱裡共鳴著的不只是夜間校園對著當初班對女友彈唱的記憶，當初的感覺也從中如弦外之音般的湧出。遂放下吉他，真真切切地再也不彈了。

其實牛郎織女的故事何必假他人之手拆散戀人？N說。

故事裡沒說的，是若玉帝不曾強分二人，同居久了的牛郎織女將來也有一天要為了日子發愁，比方貧窮，比方飢餓，比方小孩教養問題，或者個性摩擦、日久生厭也是有的，屆時，牛郎織女的故事會變成另一種再庸俗不過的樣貌。於是傳說幾經流傳，修改，增補，成為人們共同想望的樣子。借玉帝之手，或王母娘娘之手，假扮黑臉，拆散他倆，都是人們私心讓愛情成為生命全心灌注的模樣，不想摻入其他雜質。黑臉不是其他人，正是人類自己。

「她是個很好的女孩，無論是不是跟我交往，她都會找到自己想要的人生。」N

說，「我想我還是沒長大，還沒準備好。」

有時我也懷疑，自己準備好了沒？在那個事事渾沌未明，卻想要求個純粹乾淨的年紀，或許我眷慕的，只是愛情裡相伴的歡愉罷了。

王母娘娘巧手用金簪劃開的銀河，劃開了他們二人。一年一度鵲橋相會，是愛情裡的甜頭，不是常態。遙望彼此，或許看得更清楚的，不是對方，而是自己缺失的形狀。

*婚活：為日文「結婚活動」的縮寫，指聯誼活動或快速約會。

〇三 單身狗圍城

下班下課後的捷運車廂，有很多可看的。

當大家都低頭在回覆訊息、觀看動態，我會趁其不備，偷偷觀察每個人手裡的小世界運行的模樣。我很難改掉這個壞習慣，湧進車廂的人潮中，我僅只是稍微高別人一些些，就不小心瞥見每一種小宇宙中，行星運行的軌跡。

一次下班一樣擠進了車廂最內側的門邊，前方的上班族男人正用著通訊軟體，有一搭沒一搭地聊著，訊息的間隔時間都暫停數秒才回覆彼此，明明視窗就定格在對話窗，沒切換過，而男人的眼神和姆指也沒離開過螢幕，不知道是在思索該說什麼？還是欲擒故縱地跟對方在聊天中玩著躲躲藏藏的沙灘追逐遊戲？

心情交代完了，工作也抱怨完了，好像沒有可以再說什麼的線頭了，螢幕乾亮著許久，今天的話題是不是就要結束了呢？

對方終於像是遞來浮木般地傳訊息來：我們要去三對三聯誼，你要去嗎？

聯誼？

對呀，聯誼，我們三個女生都希望能在情人節前脫團。

再過兩天就是情人節了，男人猶豫半天，斟酌著，像是下了什麼決心地打字：你要跟我去吃飯嗎？加上表情符號，又刪掉表情符號，想了想，最後整句刪掉，重打一句：我是單身狗，還是單身狗的榮譽會員呢！

他打字後搖搖頭，大嘆一口氣。臺北車站到了，人潮往各自的方向分散了。

不知道是流行語詞彙更新太快，還是我已經追不上世界的腳步，關於單身的詞彙我仍停留在小時候母親每每都喜歡帶我去逛的一家女性服飾店。母親會挑在去菜市場前，避免自己手上提滿紅白塑膠袋的活魚活蝦，身上仍乾爽潔淨毫無食物腥羶味或令人尷尬的汗臭味時，走進那家冷氣開得忒強，明明是三十幾度的炎夏，裡頭卻像雪屋一樣的服飾店。

小時候我總覺得那服飾店的商品折扣很奇怪，一竿一竿的衣架永遠掛了張紙牌，寫著換季促銷，原價1280的變成999，1080的變成799，甚至還下殺到599、499的品項，永遠都擺在店門口前排最中央的位置。母親每每看到那一排數字很自在地逛了起來，在充滿色彩，琳瑯滿目的衣架上掛著夏季一系列白底衣服，搭上不同的設計如荷葉領、娃娃領、蝴蝶結、蕾絲滾邊，搭上大花電繡、小碎花壓印、直條縷空、雪紡垂墜，她總是在類似的衣服中翻找，最後替自己做一點小小的突破，上次買過有袖的，這次無袖；上次是溫柔針織，這次清爽棉麻。將衣物並置前身，在鏡子前輕舞搖晃，窈窕側身，擺出自信至有些驕傲地問店員和我：好不好看？顏色合不合適？店員見我不發一語，總是相當有技巧地稱讚，並抓起衣服一角，拉出腰身，或扯平肩線，輕扶母親背脊，挺出胸型，補上一句「如果哪邊再修飾一點會更好」，迅速地從整列衣服中毫不猶疑地抽出一、兩、三件大同小異的服裝，試試看這件吧，再試試看那件，這件也很適合你。

我很少看到母親有那種自滿的神情，平日生活操勞，職業婦女下班速速趕回家打掃料理，還未見得母親身上穿了什麼，隨即從浴室沐浴完畢出來，換成寬鬆睡衣，溼頭髮包毛巾，幾綹長髮從中喪氣垂掛頰前，一副今天我不為誰裝扮了的放棄美麗的權利，催促孩子們快去吃飯寫功課睡覺。

但此刻，試衣鏡就像是現形鏡一般，把母親埋藏已久的形象，照了出來。決定好買哪幾件衣服，母親歡歡喜喜地掏出舊版千元鈔票幾張，付款，千金散盡還復來，沒人在乎鈔票上的人頭是誰，只是不忘叮嚀我說：麥呷爸爸貢媽媽買新衫，恁老爸會生氣。然而父親到底也未必會生氣，無論母親穿了什麼，工人父親只會一貫說好看，猜想是沒注意過母親到底有什麼衣服，也沒那麼敏銳地會注意到穿了什麼。

直到母親心滿意足地提了購物袋出店門，我回望店門口，幾個英文字寫著single noble，獨身貴族，是否母親在這裡拾回某些被遺落的時光——那些宛如貴族般的自信表情，除了此店，此地，我只在母親未出嫁前的照片上看過。

這一串英文字母在我心裡烙印許久，隨後才又出現黃金單身漢和黃金單身女兩個詞彙，但隨即被社會拋棄般敗陣下來，退出流行語彙空間。到底聽到這兩個詞時，彷佛隱然有種弦外之音告訴大家：I'm available，而非I'm single，而且我也並不甘於single，所以快來追我，快來約我。

每每聽到電視裡的黃金單身明星發布結婚消息，不免心裡都恨得牙癢：你怎麼可以背叛我！你的黃金單身是為了等待我，怎麼可以是他或者她！那瞬間才讓人了解，黃金單身漢或黃金單身女都會被打回原形的，他們的金身其實都擺在櫥窗裡亮麗展示，待價而沽，而非坐禪入定的真身，也化不出璀璨的舍利。

過幾年又出現了充滿性別歧視意味的「敗犬」，以及把敗犬修飾得好聽一點的「大齡女子」，但身邊的女性朋友聽了還是要不舒服地略表抗議。到此刻在捷運車廂裡看到的「單身狗」似乎是男女通稱的詞彙了，卻又不明白為何單身就得被稱為狗，彷彿承襲了敗犬的輸家感。

輸在哪裡呢？

有一段時間我也曾陷入敗犬的危機感。

這個原本出自《敗犬的遠吠》的詞彙，原文明明寫著：美麗又能幹的女人，只要過了適婚年齡還是單身，就是一隻敗犬。我既非女人，依現行法律上不能跟同性結婚，我莫名對自己三十歲前仍然單身的狀態感到焦慮，並對於跌入這種結構裡想法的自己感到不可思議，疑心自己的形象投射是不是《敗犬女王》裡的單無雙，頻頻對著幾個熟識或不熟識的朋友問著：你過了三十歲的生日之後有什麼感覺？真的有人生失敗的感覺嗎？卻渾然未知自己的冒失，已經惹得數人悒悒不快。

那是和前男友分手後，正好是替代役的下半場服役日子，退伍後，生活即刻陷入空泛，就像望著空白的履歷表發呆一樣。怕被人拒絕，怕投出履歷。即便後來找到工作，穩定後，覺得自己可以再往前推展一步了，卻在感情裡跌了一次跤，莫名地成為了第三者。久等不到對方訊息，當起偵探搜尋蛛絲馬跡，發現異狀時，只覺得自己輸給了對方是奇恥大辱，卻沒察覺自己怎麼有這麼高的自尊，也忘記譴責在兩人中間搖擺卻又不說明的始作俑者。

一日路過那家服飾店，二十年間彷彿一點變化也沒有，最靠近門口的架子掛著換季促銷，想起母親婚姻如此漫長，少數有自信的幾個時刻，就是踏進這家店裡，在鏡中仔細端詳自己，試圖抓回一些自己的線條，當個幾十分鐘的祕密貴族。我隨意走逛了其他幾家大大小小服飾店，挑挑揀揀，渾然未覺流行的款式和顏色已經相見不相識，才突然聽得見一家小店的店員拿著我從未穿過的印花T跟我說：你可以試試看，這顏色很適合你。

那是一件深紫色棉質印花T，三行印花英文字在背後靠近頸部的領口寫著：

And if the earthly has forgotten
you, say to the still earth: I flow.
To the rushing water speak: I am.

里克爾《給奧費斯的十四行詩》：若世界將你忘懷／對恆存的大地說：我流逝／對潺潺的流水說：我存在。

我換上衣服的那時，發現自己其實也適合紫色，貴族的顏色。

每到節日都要焦慮的同輩們，最怕被長輩質疑人生起手式的問候，從交男女朋友了沒問到要不要結婚，也有的母胎至今單身三十年就被問什麼時候要有小孩。於是在各大社群網站動態上大聲呼告慘叫某某節又要來了，祈禱某某親戚別再沒事找碴追根究柢的偵訊；或者轉貼各種應對方式，如文學家應付過年問候語，錢鍾書一句「婚姻是一座圍城」神回覆何時結婚的惱人問句，引來大家叫好。但我在心裡反覆準備好的是，若親戚問怎麼不結婚，就說：我單身，而且我很滿意單身的狀態。若親戚問有沒有女朋友，就說：我是同志，我的父親母親也知道。正面迎擊吧，如果連我都覺得不好，還能說服別人嗎？認同自己的好，才有與人對話的勇氣。

但不知道為什麼這些情節到底沒有發生，這些年的春節長輩們僅只是打招呼後，就開吃開喝，看著電視裡千篇一律的綜藝節目又罵又笑，彷彿我只是杞人憂天設想好一切。母親私下和我透露，一回親戚來家中泡茶聊天，談到彼此的小孩，也是不想結婚的、不能結婚的。親戚嘆了一口氣，覺得社會價值與自己傳統道德觀發生衝突，基於父母心理，希望孩子快樂，又不希望孩子過得辛苦，也是種拮抗。父親此刻緩頰：囝仔的代誌，咱甭管，伊過了快樂就好。

上一代的人們，彷彿也在成長，雖然慢船慢時間，但著實在前進。

眼見節慶意義都要被解構，改寫，成為新時代的樣式，拆掉春節的牆後，卻看見另一座情人節的牆顯顯地矗立在那，彷彿我們不想拆毀這座圍城，在各種成雙成對的符碼高牆裡，不甘心地成為一隻孤苦無依的動物，心裡想著卻是成為圍城裡的人吧，好好居高臨下，看著城外的風景。

我有那麼一點想提醒捷運裡的男人，如果自覺單身是敗陣的狗，接下來的端午、七夕、中秋、耶誕、跨年、來年的春節，都擺脫不了失敗的滋味了。

或者，你可以重新發一則訊息給對方，表明你想去參加聯誼。

說不定我們多半時候，是輸給了自己蓋起的高牆，又輸給自大又自卑的自己。

被害者與加害者，幾種身分重疊在我身上，
發現愛情與慾望兩端，未必是同一件事，
我疑心自己相信的事物是不是這麼脆弱而不堪一擊。

包廂

認識M之前，我不知道有所謂的「包廂電影院」這樣的地方。「我們去包廂電影院吧。」他住在另一個城市，通勤來臺北上班，委託我查找臺北某一家包廂電影院的位置。我們約在某個捷運出口，隨後我查找地圖，發現應該會更便捷的路線，傳訊息給他改約另一個出口。西門町的人太多、店太多、路太複雜了，極易迷路的我很少到這個地方。心裡如同路雜的路線，惴惴不安之時，他就出現了。

他問，沒問題嗎？要幫忙嗎？

「沒問題。」他的到來激勵出我的能量，儘管看著手機定位，還是繞了一大個圈，才走進影院裡。我未曾來過包廂電影院，這是第一次，一切都感到新鮮。付了錢，莫名地點了飲料，選了好久才挑好片子，在長廊裡走進一間畸零空間隔間出來的暗房，被服務生關進房間，看見投影螢幕約莫五十吋大小，設置在一個歪歪的角落裡，投影機放出的影像還會被切削到一角，那個瞬間，我才稍稍意識到，像這樣收費便宜，附贈飲料點心，設備普通的電影院，不，或許該稱為觀影室，會一直蓬勃營業的原因。

或許名稱、形式，都只是個藉口，我自己心裡都很清楚那些意在言外的意圖，等待他在暗室裡，理所當然的發生。投影牆上的電影是他要我挑的，「看什麼都可以，你看的電影比較多。」他說。那部是《真愛每一天》（About Time），能夠穿越時間的主角提姆可以閉上眼睛回到過去，並修改過去。片子很老套，對於寓意一點也不遮掩，但就像史努比裡奈勒斯的藍色毛毯，溫暖、發臭、還令人眷戀。我已看過三四次，這次偽裝成仍沒看過，但實則我卻對其中的劇情熟稔至極，閉上眼睛不看也無妨，我只是很享受在與他親吻的當下。

影片結束後，我與他又坐在暗室裡許久，服務生不會進來嗎？我問。他說不。

我們走出電影院，一路上默默不語，我以為此刻的彼此仍沉浸在我們的粉紅色氛圍當中。過了好些時候，他才說起電影中的時空悖論，很認真的探討主角穿越時間改變歷史，卻無法改變父親的死亡一事的電影矛盾之處，最後送我到了捷運站，無事般地說起「下次再約吧」這樣的話，隨後到客運站搭公車返家。

返家後我仍舊等待他的訊息，就像等待尚未到來而我卻已設想的未來，手機總算響起通知，我著急地閱讀，著急地回覆，才甘心地洗漱，休息，睡前仍不忘瀏覽那已遠逝的訊息和時間，彷彿穿越過去，不斷複習粉色的情境。

我還沒入夢，卻早已把自己推入夢境。

M是一次專案合作的工作同仁，早我一些時間進入公司，但業務並不相干，平時無所交集，也不曾交談過。那時我是公司裡的新人，剛開始熟稔工作內容，稍稍可以從繁雜的排程和臨時交辦抽身，鬆一口氣，甚至遊刃有餘地安排剩餘的時間，或者逛逛百貨家電，替捨不得買辦新電器的父親母親汰換熱水壺、涼風扇等。

可以掌握的事物變多了，生命突然有了餘力，開始想像自己，或許，可以再度從廢棄的信仰裡找回某些東西。

在交友網站上逛著，思尋著下個與他人相識交往的機會，補完自己的人生圖像。從隨機跳出的檔案視窗看見熟悉的面孔，我趕緊點入，真的是他，平時在辦公室裡交身而過數次，偵測雷達壞得澈底，我對他竟毫無知覺。

我刻意地造訪他的頁面，留下觀看足跡，他發現後，留言問我有沒有其他聯絡方式。

「一開始就跟你要通訊軟體帳號，會不會被你討厭？」

不會的，別這樣想。我思索許久，許久，想到那些說愛情就像撿石頭的俗濫諺語，還是給了正面的答案，並附上帳號。我們之間突然開啟了某個祕密的甬道。

我的時間很慢，慢到追逐不上許多人與人之間的速率，幾次聽到朋友說自己認識了某個人，幾天下來的徹夜聊天，視訊，覺得合得來，見面幾次，故事就沒了下文，當初覺得還不錯的速配指數，一問之下都加了：也許、可能、大概吧我也不確定，這樣搖擺的字詞。我總得壓抑自己的驚訝和張皇，聽著這一段美麗得可以結晶般的露水姻緣，彷彿是我在數日間低迴高盪了一次。現在自己似乎也搭上這班快車了，等待數秒之內的回應訊息，吃了立刻滿足的糖，加了太多色素香料，曖昧得色味俱全，卻又讓人感到飢餓。也許、可能、大概吧，賭徒般地嘗到甜頭就預想著贏家全拿的喜悅。

明天見。我已許久沒有這樣的期待。

隔天我們在公司裡並沒有刻意地打招呼，像毫無關係的兩個人各自工作，偶爾在抬望眼時不經意地越過隔板，留意對方的位子，對望。隨即低頭，用通訊軟體送貼圖，祕密地交談，祕密地保持聯繫，祕密讓我毫不留意工作出錯而該衍生的負面情緒，無人知曉浪濤底下我暗藏著可供自己站立的浮木。或許是我早上提著多買的手搖飲料，越過辦公桌的間隔，放在他桌上，留了張紙條；或是他在暗夜裡與我自公司後門離開，領著我刻意走了暗巷，直到遠離人多的地方，才能放心地說話，共進晚餐，結束約會。

很快的我們去了第一次的包廂電影院，在暗房中，我私心妄想著某些人生中一帆風順的事情。時間不倒返，我不意欲修正過去，認定他等於認定未來。他長得斯文高帥，談吐有儀，與這樣的交往對象第一次看電影，還是看愛情喜劇，順理成章卻假裝驚喜地親吻或擁抱，彷彿自己在愛情公式裡完美運算——這不就是許多人想要的愛情套路嗎？

專案即將結束，他的辦公桌越收越乾淨，像是什麼都不會留下似的。再幾天後離職，他和同事一起聚餐，或是和許多人合照，照片陸續自他的手機傳到我的手機中，每一張彷彿都寫著：我在這裡，別忘記我。但我只是想著，要回覆什麼呢？是該表達祝福之意，還是該表達自己對他此番離開的不捨。而我到底什麼也沒多說，有一條線隱然在我腳下，但說不上來那是什麼樣的界線，我既無法公開與他走得很近，避免未出櫃的他因為我而遭受流言，也無法確認我與他，點與點之間拉出了什麼樣的平面，關係像飄忽不定的雲，我不知道何處可站，何處會踩空失足墜落。

我們又去了一次包廂電影院，這次卻是在他所居住的城市裡的分店，我是第一次去的，還在車站前迷了一子下子路，才順利找到騎樓下的他，一起上樓。長髮的漂亮店員看到他來打個招呼，又來啦？這次要看什麼片？

他嘻笑帶過，彷彿剛剛說了什麼都不作數似的。店員突然推薦我們買回數票券，十張電影券八折優惠，問著要不要買個一套？想想也好，我是很常看電影的，就算不和M一起來，我也能自己在漆黑的小房間內，不受他人打擾地看片子。但當我掏出錢來時，他委婉阻止說：也不一定要買吧，你真的用得到嗎？

用得到。我肯定地回答，像是拗脾氣的孩子，學著大人般自信滿滿地給人保證。

進入暗室，他與我都無心看觀影，身體趨近，在預想中發生的都發生了，毫無偏差。我依著他的身體，眷戀著黑暗中那迷亂後的體溫，貪婪地吸嗅著他的味道，感激人的本性創生了這樣闃黑的空間，圓一個只在夢境裡發生的故事，電影般地。

「人只要覺得被愛，就會像花一般綻放。」

那次仍然是我挑的片子，在首輪電影院裡已經看了兩次的《歡迎來到布達佩斯大飯店》(The Grand Budapest Hotel)，我還是佯裝沒看過，興奮地說著：這部片的評價很好，我也想看，好讓他毫無壓力地看片。

無論是不是蒙騙了他，或者我自己蒙騙了我自己，我猜想我與他都知道的，看電影只是個幌子，意在言外的形式。

電影是一場高明的騙術，大家明明都知道真正放著電影的地方在遙遠的後頭放映室，卻願意看著一片空白的布幕上出現各種投影。

或許我該調整自己不合時宜的步調，和這個世界等速。

隔天的辦公室裡，M的位置就空了。卻像是我自己的什麼東西空了，像搬空的房間，打開房門，看見裡面什麼都沒有，原本在的都消失了。雖然和他還是會傳訊息聊天，講講言不及義的話，以為耍耍小曖昧地在語言裡進進退退地跳舞。但訊息量一天一天少了，我在工作上的表現也不如以往。我並不清楚原因，猜想他也許準備考面試而忙碌，也以為是自己分心兩端，超過自己的能力範圍了，於是在主管責備之前自己請假休息，避免自己看見那空著的位置。

請假前我替自己訂好了飯店、車票，並整理好行李，假裝毫不在意地邀約他同行。他回覆我家中發生了一點事情，親戚因病入院，婉拒了我的邀請，也婉拒了我的幫忙，要我好好去玩。

我在休假當天的早晨望著鏡子裡已經如常打理好的自己發呆，對什麼都不滿，整理好髮型後卻發現永遠有拔不完的白頭髮從中竄出，跳入視線。於是取消了行程，也不意欲退訂或退票，拿回部分款項，只是一個人在家裡不停上網，等待什麼似的放空著，當然，什麼也沒等到。

有個瞬間，非常細微的聲音告訴我，去看看吧，有些什麼你未曾揭開的暗房裡。

我點開他的交友檔案，仔細地瀏覽，從日記到留言板，看著他留下的隻字片語對號入座地以為說的是我，或者看著他以往的傷心文字紀錄替他感到心疼。才稍稍有那麼一點安心的時刻，以為他仍在身邊，馬上發現一個與他過從甚密的人，在留言區與他書簡往復。

我像是偵探一般澈底地搜查，找到對方的檔案以及四散各處的個人社群網站，才發現對方與M的合照、出遊、對話留言。對方顯示著自己的感情狀態為穩定交往，恍然間點醒了我。他們的足跡，已經走得這麼遠。

許多徵兆老早已經顯現過的，我視而不見。

我明裡暗裡套問我與他之間的關係，想當然爾的吃了閉門羹。最後還看見他被對方標記的出遊照片，有他、他的親友和對方，時間正好是我請假的那幾天。妄自爬上他心中高樓層的我，並不意外地觸動了他的警報裝置，逮捕，遣返。最後，我成了被拒於門外的陌生人，任何對他的詢問，招呼，或自己發洩情緒的動態發文，都像被關在門外的孩子撒氣地發怒吼叫。

假請得越來越長了，我自願請調單位，離開原本的辦公室。我看不進報表數字，也無法閱讀文案。一回分機電話響起，接起電話時，話筒傳來行銷人員打來推銷保單，我怒不可遏地對著話筒罵了一頓，對方不明就裡，老早就掛上電話，電話傳來嘟嘟嘟的切話聲，我仍然生氣地用盡力氣大聲咆哮：沒事不要隨便打擾別人！

怒吼之後，辦公室裡一陣安靜，像是剛剛那些話語靜靜地溶解，變成這個空間裡所有人的猜疑，等著釀成流言蜚語。我在心裡哽咽著，但沒有哭泣，也發現自己其實不是那麼容易哭泣，只是點開試算表，隨意拉著格子讓電腦跑公式，跑出一堆亂七八糟的答案。下班時間到了，我早早打卡離開，站在擁擠的五方通行的路口發楞，看著紅綠燈輪流明滅，車子行人依序四散。

「沒事不要隨便打擾別人！」

我漫無目的地乘坐捷運，盯著路線圖隨意指著，今天就去這裡好了，這般的遊蕩。在車廂內望著門外，正要下車時，意外發現熟悉的臉孔——那是和M交往的人，就站在月臺隊伍的第一位。那張臉我日夜探看，忘也忘不了的五官和臉型。短短幾秒間我不斷模擬著對他說些：祝你幸福快樂、你應該還不知道他是怎樣的人吧、你知道他劈腿的事情嗎，甚至是：你知道他是怎麼吻我、帶我去包廂電影院做了什麼嗎，等等這類話語。車廂門真的打開了，我與他錯身而過，那些話終究沒出口，只在我心底不停大聲叫囂，變成心谷裡的回音，彷彿聽到自己問著自己：我為什麼會輸給這樣的人？憑什麼？

我到底是輸了吧。

我走上電扶梯，通過中央通橋，又下了電扶梯。刷過票券通過出口，在站體下的空間被幾個填問卷的工讀生搭話，忘記說什麼了，大概是壞表情把他們嚇跑了。進了藥妝店想替自己買個面膜或維他命，找了半天才在凌亂的貨架上找到想要的品牌，卻沒有在特價商品的清單中，又氣沖沖地走出來，不小心撞倒了藥妝店門口擺放的各種衛生紙、化妝棉等廉價商品。店員快步出來，我生氣地喊：為什麼老是要霸占別人走的路啊！沒聽清楚店員說的，我逕自走掉，到公車站等車回家，抓著拉環時，我想著藥妝店店員說的，聽起來，也許是抱歉。

全然聽不進的聲音被我拋得很遠，很遠。

我又請了幾天假，同時關掉社群網站和智慧型手機，只是維持著生理基本需求地吃睡，穴居在棉被中，看著看過好幾次的劇，跟著劇裡的主角哭笑。

一切彷彿回到原點。

想著要重新開始，回到工作，那些時間像是真的被溶解一樣，無味無色地消逝在座位與座位之中，沒有人在意，沒有人提起。好像又可以開始一段新的關係了，我這樣跟自己喊話，很快地投入下一段，意識到時，卻發現自己是刻意地和原本就有伴侶的朋友Ｔ越走越近。

我又規畫另一次出遊，地點故意選在Ｔ的住處城市，試探性地問他願不願意當地陪，順便載我這個沒有機車駕照的人。我們在當地玩了一天，夜色降臨，他載我到我下榻的飯店。門前，我問他要不要上來一起喝酒聊天，不然我一個人待在飯店也挺無聊的，我說。

我故意把道德的難題丟給了他。

他臉色一沉，思考著。

但他答應了，在只剩下床頭燈的民宿房間裡，心裡總想著保持距離，卻還是越了界線。我又在腦中指責對方，不是很愛自己的伴侶嗎？心怎麼能這麼容易就動搖？那些與他與他的週年紀念、禮物、慶祝的動態，看在眼裡，都變成令人憤怒的諷刺。

諷刺什麼呢？當時我沒細想，只是將他封鎖，不再和他往來，對他傳來的關心訊息視而不見。

一切輪迴般地，我又陷入長期的休眠，維持生存機能，吃睡，工作時多半也只是混日子，當初溶解掉而釀成的流言越來越酸臭，依據我的行蹤編造故事，說我在那段時間內跟不同的人交往，指證歷歷地說我跟某與某某約會，牽扯許多人卻從沒聽過Ｍ在我的故事裡。但那段時間我除了跟Ｍ來往之外，沒跟他在一起的日子，就只是等待著他的訊息。我不停閃躲眾人目光，卻又坐在自己位子上時，瞪著那些當初與Ｍ交好的人們，想起他們頻頻在Ｍ貼出與家族合照的動態上留言，說Ｍ是個暖男之類的嘩嘩稱讚，如是種種，讓我也想打從心底惡意地留下他們不知道的，他的某個切面，貼在動態牆上或是公司布告欄上，想必會讓人吃驚的。

但我到底沒這麼做。

電話又響起了，這次是推銷證券投資基金。我靜靜地聽銷售人員說完，他彷彿才意識到話筒這頭沒有聲音，問了：你有沒有興趣呢？

沒有。我說，我沒有興趣。

那我介紹另一檔新興亞洲的給你。

我也沒有興趣。

那你有沒有想要的投資標的呢？或是習慣的理財方式？

我想了想，問他：你的辦公室有很多隔間隔開你跟其他專員吧？

他沉默一下，用明亮的聲音回答：對呀！

那你聽得見隔壁在說什麼嗎？如果有同事離職了，你會知道嗎？

欸，我們都戴著免持聽筒和耳機，辦公室裡很多人在說話，我也很難聽清楚隔壁說的事情——其實，我連隔壁是誰也不知道。

所以他們誰走了，我不清楚，畢竟很快就會有人補進來。

那你相信你賣的東西嗎？

我沒有辦法回答你耶，……要不要我提供你一些資料參考參考？

寄一份來吧，我考慮看看。

電子郵件信箱裡很快就收到了基金的公司文案內容，其實也沒有要買什麼的意思，只是對著陌生人問了這麼多問題，簡直像是要弄對方似的感到抱歉，他會對我感到生氣嗎？要不要回撥分機電話給他，說要買一檔什麼什麼，好安慰自己的良心以及對方的時間損失？我意識到末尾寫的「投資一定有風險，基金投資有賺有賠，申購前應詳閱公開聲明書」這句話，盯著它，並跟著唸了一遍，越念越快，不知道為什麼，突然覺得有一點點可笑。

那天，我被一個電話推銷員挽救了一點點心情，就像從懸崖邊拉回很小很小的一步，還是有想跳的衝動，不過望著那短短的幾公分之距，覺得一切，好像還有一點空間。

我與那些人，就像位子與位子之間一般，隔板很早就架好了，人與人對彼此打開一扇無人知曉的孔洞，露出僅有的一面，保持祕密通訊，但其實沒有誰願意出去或進來。

很多年後我又看到T的社群網站，對他覺得抱歉，思索半天，彆扭地丟訊息給他，說自己換門號了，帳號重新搜尋、加入，前面的訊息都不見了，不好意思，不好意思。

他驚喜地回覆：我還以為你人間蒸發了呢！最近過得怎樣？還好嗎？

我在訊息視窗的另一端難過地哭了，不知道為什麼他能這麼單純地像什麼事情都沒發生過似的。

但我也沒有勇氣問他的感情狀態是不是如同往常一樣安好。被害者與加害者，幾種身分重疊在我身上，發現愛情與慾望兩端，未必是同一件事，我疑心自己相信的事物是不是這麼脆弱而不堪一擊。尤其當我有意無意地越界，那個等在心門外一瞬而閃過的，是我自己，推了掙扎糾結的自己一把。

在與M斷絕音訊後很長一段時間之後，我突然收到他送來的遊戲分享訊息：波兔村保衛戰Line邀請送一千顆櫻桃，趕快加入波兔村保衛戰吧！我不太明白這則訊息的用意，到底是來測試我對他的感情，還是想來請求原諒，故意丟一顆石頭看會不會起漣漪，或者，都是我想多了，這僅只是一個想換道具，把我的帳號當做一個人頭，隨意送出，就像把資料賣給電話行銷，一筆換得幾個銅板一般的對價行為。

望著那則訊息，憤怒有一點癢癢的像是淡去很久的疤，但其實也沒有太多感覺了。

人很複雜，我得常常告訴自己，原諒別人在善惡之中掙扎，也原諒那個在悖德與謊言中掙扎的自己。

我也得為了自己當初給出去的，負起被販賣的責任。

迄今我仍留著那疊包廂電影院的回數票，與當年的背包一起塵封多年。這些年間我非常害怕再打開那個背包，閃躲著，不想看見那疊只撕了兩張的回數票，其中只有一張是M想要的，剩下的，僅只是我一廂情願的期待。

最後，我沒有丟棄那回數票，把這些票券留在黑暗的背包中。有些慾望值得一個包廂，一個人進入，在暗室中觀賞映畫，並替自己撕去票券，提醒座位上被幻影蒙騙的觀影者自己：一切都會有掙扎，會有代價。

〇四 最好的失戀

把一些話放回心裡，那些長時間琢磨的，喜歡的話語，像精巧銳利的筆刀，耗盡心神雕刻出你的樣子的紙雕，紙是我的心底。

這些都只是在自己心裡的光影，與一開始的你有關，與後來的你無關。

但與後來的我有關。

〇五

求救訊號

我從來不曾跟別人說：我失戀了。

每每把自己圈圍在房裡的小空間，像低等生物般吃睡，維持生命跡象，不得不被生活拉出房門，坐在教室裡或辦公桌前頻頻發呆，直到有人上前關心，才假裝沒事般地擠出笑容，應酬到一定數量之後，偷偷跟自己信心喊話：振作振作。

振作振作。振筆疾書般地在課本上寫筆記，或是很有進度般地敲著鍵盤，但其實異常害怕，害怕起床，害怕鏡子，害怕通勤與人群，害怕走進一樣的環境，每個人每雙眼睛都盯著你瞧，像是會扎人一般，明明他們就不知道發生什麼事，卻莫名戳中痛處。

振作振作。突然積極參與各種朋友聚會，平日很少點開的對話群組或是社團，看見誰發現新餐廳或是景點，明明是很少出聲的自己，卻主動地提案著是否該聚會了。一段時間才見一次的朋友們，各自癱坐在椅上，自在地談天，久久出現一次的我咬著吸管不停啜飲飲料聽別人抱怨工作抱怨家庭，有點羨慕他們，還可以說，還可以埋怨。直到他們問起我的近況，「還不就那樣。」活得很像一句廢話般地帶過，不敢透露關於失戀的隻字片語。其實出門前，早已經反覆模擬要是說起自己失敗的戀情，該怎麼說才不會像個輸家，該怎麼說才能理直氣壯地把錯都推給別人，而自己好像不曾盲目地誘惑別人或接受別人的誘惑。在心裡反覆對話，要是朋友釋出善意，溫柔地問著：你怎麼都沒跟我們說這些？我將會嘻笑著回答：我很怕丟臉，很怕被你們笑耶。就像小時候演講比賽之後，若無其事地回到教室，對著老師說我一點都不在乎輸贏啊，比賽贏了又不代表什麼！卻掛著一滴淚在眼角、一懸鼻涕在人中，想到自己上臺時一句話也說不出來的糗樣。怕輸怕到痛徹心扉了，迄今還是這麼死硬派。「還不就那樣」，誰都知道才不是這樣，久了朋友也不敢追問我的消息。

振作振作。頻頻在社群網路上發布動態，去了哪家咖啡廳，看了什麼電影，做了什麼運動，看了什麼風景，不說自己都是一個人去的，只是想方設法用色彩把畫面塞滿充實。用盡心思研究一本書該摘哪一句話，該用多少光源和什麼角度拍攝，偽裝生活充實無比，卻在摘句中若隱若現地流血——有那麼一點扭曲，一點期盼，最好引來居心不良的嗜血之狼，咬嚙，藉口腔銳齒施捨一些慈悲的溫熱。

振作振作。

社群網站裡的人們炫耀似的拚命地複製生活，修圖軟體般地揀擇，通過想像的濾鏡，丟到雲端晒著，我像本能般退避，知道自己最多只能小隱於野的取消追蹤訂閱，直到點開網頁乾乾淨淨地只剩下新聞連結和展覽資訊。直到一日看見平日默不作聲的朋友，也像病毒般增殖貼起貼文，突然到了一個荒郊野外杳無人跡的山區風景、甜點的各種角度攝影、拖著行李箱的把手與機票彰顯去處，幾日間，時不時就得接收他造訪的景點，整個網頁塞滿他的動態，累積的互動有單純的喜歡也有對他的逍遙人生的憤怒。到很久之後的最後，終於出現傷心情歌的連結影片，一兩句引言，大家似乎看出端倪似的一哄而散，沒人留言，沒人點讚，沒人要為他的悲傷負責。

空空蕩蕩的貼文看上去不知怎地有點可憐，躊躇許久的我按下哭臉的符號給他，想了想還是收回好了，還是別打擾他罷，以免自己的過多的悲憫行為讓他的悲傷情緒迴環，增幅。然而，他卻守在網路前似的馬上丟訊息來：最近常看你寫的東西發呆。

我問：你還好嗎？

其實就是分手了，只是這樣。好像只被你看出來了。

那些默不作聲，或轉頭就走的人們都看出來了呀。這句話我沒說，藏著掖著，怕再次傷到他的心。

網路是一顆即時回應的衛星，人們不停說話，在訊號鏡子裡確認自己的樣貌，說得越多，越用力，都像是在坑疤的路上堆木板墊石塊，疊床架屋般什麼都說了，卻也什麼都沒說，只是彰顯了此路不平，無法通行。

理解那些貼文有一部分是正發出的求救訊號，像電報的SOS易於輸入發送，等到另一端有人至終解開密碼，發現某個經緯度上有小船在沉。而我也發了這樣的求救訊號，卻故意把救命輸入成其他字句，蒙騙不了別人但只有我被騙倒的覺得自己很好，很正常，很振作。

失戀的朋友自顧自地把事情說完了，彷彿清掉了巨大的路障，最後給自己下了個結論：我應該是個不愛認輸的人，所以才特別辛苦。

「我也是，」我這樣回答他，「所以別這樣了。」

好像在跟自己說話似的。

一雨季裡的單人傘一

不知道從什麼時候開始，我習慣了拿著便利商店買的輕便傘。

與友人吃飯聊天，飯後走在街上，忽來一陣小雨。沒有騎樓的亮晃大街，她沒帶傘，我將手中的傘一撐，才發現，我帶的是四處可見的便利傘，輕骨架、便宜塑料布、尺寸自私得僅容得下一人。

我的肩寬較寬，這把傘能為我遮風擋雨已屬不易，但我仍勉力地把傘往她那處傾，畢竟是女孩子，沒有女孩子希望自己花費一兩個小時的美麗，被一場小雨給毀了。

我忘了這是個雨季，自從把那把用了九年的日本品牌折疊傘弄丟之後，便再也沒有買過任何雨具了。那把折疊傘是與男友K逛街時買的，也是在一個雨季。

雨總是在發現時，就已經來不及了。

他脫下外搭的襯衫，剩下背心，自己抓著一隻袖子，要我抓著另一隻，他給我一個眼神，跑吧，我們從馬路直接奔跑進市府的地下道。一路上我聽見他項鍊敲擊鎖骨和胸膛的聲音，雨水弄溼了他的白色背心，變得有些透明。一進地下道，我們相視而笑，像是很久沒有淋過雨了。那個年代還流行略寬的直筒牛仔褲，還沒受艷照風波影響的陳冠希也是許多人心目中的指標，明亮、帥氣、年輕，一個時代、年代永遠都有一個明星做為標籤，讓同一代人迅速翻到當年那頁。

我們一路走到那時還不是ATT 4 FUN的紐約紐約逛起街來，在那日本品牌的店裡頭，他悄悄替我挑了一隻折傘結帳。走出店外我才發現他手中多了一把傘，一打開，日製尺寸也僅只容得下一個人。

我問他怎麼不買大一點的。他說日本人有很多時候是「一個人一個人」的。我聽得出他說「一個人一個人」那種來自日本式的口音和修辭，他本就是中日混血，經常一個人穿梭在世界裡，一個人去吃拉麵，坐在一個人的隔間裡大口吸麵；一個人坐在吧檯，一個人點調酒；一個人住幾坪的小套房，一個人一個信箱，一個瓦斯爐，一個電子鍋；一個人站在電扶梯的一邊，一個人逛街，玩攝影，什麼都是一個人。

這把送你，你用就好。車上有大傘，我不多買了。他說。往國父紀念館停車場的路上，他的襯衫和背心才剛被購物中心的冷氣吹乾，我撐起傘，要分一點傘下的空間給他時，被他溫柔地拿開，將傘扶正在我的頭頂上。

我不用撐。他說。希望這傘下此後都只有你一個人，不准有別人喔，我很自私的。

他抓起襯衫，我拿著傘，要往他停車的地方走去時，雨正好停了。

幸好。但人生中的幸運好像只有那麼幾次，等雨的時候，雨正好停了。但他卻不會一輩子都在身旁，只要我自己撐著傘就好。

我依約定這傘從來都只有我一個人撐過，分手後也是如此，每每撐著傘的時候都想起他那句話，多麼溫柔的自私呀。不知道是因為這個日系品牌耐用的緣故還是為著這句話，這把傘一用就是九年多，後來一次搭公車的時候不知落在何處，急忙去公車總站只填了失物資料，卻永遠也沒有傘的下落。也沒了他的下落，此後我再也沒親自買過任何一把傘了。

送友人到捷運站，她看見我衣服溼了大半，心疼地說：抱歉害你淋成這樣，其實你也希望有人替你撐傘吧。我微莞一笑，到底是好朋友才會這樣說出貼身的話。

有人替自己撐傘是一種幸福的事情，但我更知道，自己撐傘也是另一種幸福的事情。

〇六 安靜的地方

有一種海是這樣的：沒有遊客，也沒有釣客，偶爾幾艘船在遠遠的地方跟你打招呼，露個臉，又遠遠地離去。

有一種車是這樣的：一坐進去，發現沒有幾個人，司機和你安安靜靜的，開著時光之車，像乘一艘小船，在沒有盡頭和風浪的陸地航行。

有一種屋頂是這樣的：水泥空曠，一橫欄杆，屋頂只有像一小塊樂高積木放在那裡，是只給你的入口，也是出口。當你雙手放在欄杆上，看底下千千百百個窗子做著千奇百怪的事，都沒有你的自由。

有沒有一種緩慢是這樣的？在海邊散步，覺得美，在心裡跟你說紙船的折法，聲音漂送過去，很慢很慢。

從你身上學會抱貓的方式

辦公室的橘子貓將要被同事帶回去養了，我一抱起貓來，很自然地就用另一手托著貓的臀部和腳，初生幾個月的貓馬上安靜下來，像睡前的嬰兒般安靜。

那個時刻，我想起的是Ｋ，他說，抱起貓的時候，要用一隻手托著屁股，不然懸在空中的貓會害怕。

貓光是走在地上都害怕了，用肉墊頻頻試探著地面，彷彿走在溪流裡墊腳的石。更何況是屁股懸空，腳踩不到地，那更會讓貓不知所措。

Ｋ是第一個說我像貓的男人，他每天晚上會傳簡訊，大半的內容寫著他今天去了哪裡，碰到什麼人，做了什麼事情。然後再傳幾封問我今天過得好嗎、身體還好嗎（那些年我深深為過敏和氣喘所擾）、有沒有乖乖吃飯。

我不見得會回覆他，有時三兩天才回覆一次，但是有時有太多的話想說，就等著他的簡訊，然後馬上跟他說了許多生活中的瑣事。

那些瑣事一點都不重要，他一定明白的。我被他馴養著，那時我是小王子的狐狸，等待讓一切焦急，並在無法投遞的焦急之中，所有未見其特殊的微小事物，都有被訴說的意義。

K最懂貓，所以他說，跟貓建立信任不容易，那時我深深為他這句話感動，他知道用什麼樣的手勢拉住我，不讓我跑開，也不會過分用力讓我疼痛。

桂枝的名字是K曾經養過一隻貓的名字，雖然那時候已經跟他分手了，而我正跟另一位男友A交往，我仍把貓取名桂枝，用來紀念第一個說我像貓的男人。我猜想這世界有很多貓叫桂枝，光是我聽過的就有好幾隻，但K、張桂枝，這兩個名字連在一起，對我來說才是星圖。

後來A跟我說了同樣的話，抱貓的時候，記得要用另一隻手托著屁股。A其實也是溫柔的男人，只是他不說，他的世界沒有花言巧語，但他也有他撫摸我毛燥的背毛的手勢：安定的生活。

我有時想著，如果我不是貓，就不會因為A有時太過專注於自己而忘記我，導致失去貓的信任。也許，我今天可以好好的在A的世界裡，過著很好的生活了吧。

我從這些男人身上學會抱貓的方式，就像擁抱著現在孤單的自己，抱起公司裡的貓的時候我突然說了一句，好悲傷啊。

這天的我，是在舊地方等著曾經出現、給我溫暖的貓。

〇七

紙船

你有沒有交過筆友？寫信的那種，等待的那種，向宇宙喊叫，不知道何年何月才會收到星辰的回音的那種？

小學的時候傳過紙條，越過講臺上的老師視線，偷渡到想說話的人的手中：下課要去盪鞦韆還是打球？要在穿堂演《一簾幽夢》還是《大太監與小木匠》？幫我去福利社買麵包啦！

教室太小，座位太近，同學與同學之間碰背碰肩，乀乀傳一下，小舉小動惹得大家不快。除了等待，還要防止好事者打開紙條看，加上幾句疏註（「走啦！我們去打球」或是「某某某等下幫我推鞦韆！」）；或是心不在焉的天兵同學傳錯方向，紙條像問卷一般漂流過全班手裡，總算傳到對方手上，結果下課後聚攏一大票同學湊齊男女主角配角含跑龍套的臨演，在穿堂演起大型古裝劇；或是祈禱不要發生最糟的狀況，在信使遞送往返的途程中，被敵軍，不，被老師截住，走漏消息：誰下課要演林瑞陽？誰要演蕭薔啊？自己舉手！惹來全班一陣安靜，等待我投降自首，同學的笑意才像自氣球洩氣般噗嚕嚕嚕的笑出聲來。

巴望著對方拿到紙條，閱讀，莫名瞪向這邊，眼神比演員有戲地斜睨、瞇視，才甘心低頭開始回覆，從筆袋裡不停換著好幾種顏色的筆寫著。若在今日來說，就是：已讀，某某某正在輸入訊息，但紙條也不似現在的通訊軟體這麼單純，多了很多難以控制的枝微末節，深深篆刻在心底。

升上國中我與喜歡的女孩寫交換日記，這天寫過的，得挑個對方不在位子上的時間，偷偷放進對方的抽屜裡。等待她如等待陌生情人一般，頻頻注意她是不是看到日記了，等她自抽屜裡發現，驚喜地回頭望著我一眼，我必定要假裝毫不在意地將頭撇向他方，用後腦杓說著：少在那邊自作多情了！你儘管心動你的，那……那可是都與我無關喔！但實際上，日記裡，我們再再貼近不過地互稱知心好友，說著不向外人說起的話，彼此探問欣賞班上哪個同學，討厭哪個老師，欲拒還迎地套問她有沒有心儀對象，但也不知道她也是否欲拒還迎地說：用心對待我的，也許我會考慮看看。

但後來我慢慢弄清自己的性向，不知道該怎麼處理這段曖昧關係，只得漸漸疏遠女孩，自她的舞臺裡退場，還她一份乾淨的青春。女孩一定也覺得有點奇怪，怎麼這個世界曾經跟她說悄悄話的人好像越來越杳無音訊，音量漸漸被調小了，好像遠遁自她以外的時空了。她讓好友前來打探消息口風，我也只能坦白，但她的好友還是勸我自己向她坦白。最後，我還是在日記裡與她承認，良善如她，也同意停止魚雁往返的書寫，先將關係切割，各自面對自己的命題。

國中時的交換日記已是筆友的雛形，時間是一天，一天所發生的，在心裡過一過，燉湯似的撈去浮沫，鍋中的時間不只是提萃，也同時發生化學變化，有時早上搖頭否認的，承認等不到黃昏。

當下說的，或許只能成為現實，但未必能成就真實。

儘管當下寫的，也未必是真實。

BBS興起了，一群年輕的使用者開始試圖在這個初生的社群平臺間構築一張人際的網，尋求同類，安慰，或資訊，或因為匿名性質，也不必放照片，可以很安心地說自己的故事，問那些被現世排擠，難以啟齒的問題。偶爾我也將自己的出櫃過程、家庭問題和感情史放進分類看板中，偶爾收到網友來信，找到窗口般透氣。

不知道是不是因為純文字介面的囿限，還是黑底視窗的會勾出人心底的實話，人們面對文字，還是會審慎考量一些。網友無法一觸即讚，想要發表推文，還得輸入一堆指令，時不時就得按H字母進入使用說明頁面，跳出，再輸入對應符號，在有限的字數表達想法，送出（有時還會不小心送出失敗，又得重來一次，又覆寫新的留言一次）。如果是回覆文章，礙於版規規定，得超過一定字數或行數，總得想想怎樣才能填充版面，又不致被眾鄉民指責文章內容空洞。

或許是以古非今了，但我每每收到不知名的使用者寄來的信，總是期待，總是害怕。期待對方如此重視一段匿名時空下的因緣，卻也害怕對方的分享，有著讓我也共同感受到無助，無法為對方幫上一點忙，或甚至是給錯建議幫倒忙的誤會。反覆思量，終於想定了回覆方向，鍵入頁面指令開始回信，還得在ANSI編碼技術下排版，切換全半形，甚至上色，像個國文老師一般檢查著應用文的格式，最後精心挑選適當的簽名檔，送出信件，靜候對方回覆的期間，我總忍不住頻頻回看寄件備份，不僅只是檢查錯字措辭，還是擔心是否有話語中未盡之處。

如此在意，是把寫信也當成建立關係了，儘管未曾謀面，也不知道對方的種種背景，只是想著他或者她願意花上一段專心的時間，把沉積已久的問題娓娓而談，出不出櫃，要不要分手，人生大事，對我全盤托出。儘管大半的人都知道自己心裡早有答案，早有定見，還是想反覆確認，等待回信如等待星辰回音，聽聽看，到底是會傳回同樣的字句，還是摻雜了一些弦外之音？

時至交友軟體這麼方便的現在，連結GPS定位，方圓百里沒有一個寂寞的人逃得過雷達，我仍舊不習慣他人一句「嗨！聊嗎？」這樣開啟彼此的連結，好像買了海量的摸彩明信片，複印上相同的字句，四處投遞，端看哪裡收件數較少，摸起這張明信片，傻瓜似的回覆，而他卻連我是哪間公司哪個單位辦的活動都不知道，從天而降的禮物，要或不要，對他來說，其實，一點也不重要。

後來偶爾叛逆心起，遇到摸彩般的人問著要LINE或是要SKYPE，我就反問：你有沒有電子郵件帳號？有沒有郵政信箱可用？這樣的舉動不意外地嚇退所有人，但我也不感到可惜。一朵花引來的是蟲、蜂還是蝶，端看花朵展露了什麼顏色香味。商品貼上什麼標示，就引來怎樣的顧客。若寫信不得對方心意，我想對方大概也未必忍受得了我的緩慢。

長久時間下，我就像耕耘自己的村莊維護著我自己的網路頁面——村莊北方該有密林抵擋寒風，東方該有草原和農地畜牧耕作，在南方立個日晷判知時間嬗遞，在西方擱一張長椅觀賞日落，環繞村莊的，是一條自成生態的溪流。往村莊只有一條小徑，隱密得，連指標告示都不願擺上，主人也常常不在，只能在入口處的溪邊放個錫製信箱，另置木匣擱紙筆，有事請留言，農忙恕不招待。

一日我自信箱收到一封信，信很簡短，末了寫了一句話：你想要的幸福，是什麼模樣的呢？

我反覆思量，沒有答案，回信：緩慢美好。放進信箱，等不知名的他取走。數日後收到回信，看著他的回覆，彷彿他將我的村莊大略逛過，大概知道何處種了香草，何處晾衣，寫著：「或許能從文字中略知一二，但仍舊不清楚，文字僅代表某部分真實，但終究也只能代表某部分，就像科學的「真理」，多半也只是科學家運用研究和理論去逼近所謂的真理，到底還不是真正的真理。」

順指知月，得魚忘筌。我與對方，在不同的方向，有了交會點的認知。他是什麼身分背景呢？對我苦心造詣的村莊了解多少？

我們花很多時間寫信，揣測對方想法，明知彼此心意又不願說破，一步一步繞路，觀望，久一點，再久一點，像看房子早午晚晴天雨天各看一次，看何時西晒何時漏雨，或何時的窗景最美，何時的鳥鳴如樂。

那不僅只是對對方的考核，也是對我自己的考核：我願意花多久時間再跟一個素昧平生，連臉都不知道長成什麼模樣的人與之交談？交換彼此對事物的看法，避免自己也避免對方只是在字與字間一味的展現優點，或偽裝。我也從來不怕對方倏地自網路消失，不見蹤影。若是故弄心機，讓人擔心受怕，這樣的人不必往來。若是與我不合胃口，轉身離開，說明彼此沒有交集。若是毫無原因斷了音訊，他必然有他的原因。不是我的，我不想要。

所以我們寫信，等候，多說點話，得意忘言的緩慢美好。

有一種緩慢是這樣的：在海邊散步，覺得美，在心裡跟你說紙船的摺法，聲音很慢很慢漂送過去，很慢很慢。

〇八 算盤

對於未知，我難免猜測揣想。

與未曾謀面的他通信半年後，決定見面，像是終將拋棄面具，問問對方能不能接受其餘的，分裂在時間裡，千萬個面向的自己。

對一個人的長相毫無概念，自書信字句間約略猜想，身高不高，自然捲，個性溫和，戴眼鏡，醫療業，沒有其他線索。

總是要想起相親的年代，媒人說什麼天花亂墜，只有一分可信。《怨女》裡錯送一生的銀娣，是哥哥嫂嫂聽了媒人吳家嬸嬸的鬼話，說這樁親事是「運氣來了連城牆都擋不住」、「這樣的親事打著燈籠都找不到」，兄嫂把妹妹送去嫁人，才曉得嫁了個肺癆二爺，分家時還分到最少的財產，惹得原本就有心上人的銀娣一生怨恨，不僅僅毀了自己一生，也毀了兒女一生。

《漢宮秋》裡的王昭君沒有好的媒人，也不願花點錢請畫師形象包裝，被毛延壽畫醜了，選入宮中卻居於冷宮。直到漢元帝聽到昭君的琵琶聲，才發現後宮中有如此美麗脱俗的女子，昭君因美貌封妃，受盡榮寵，最後卻也因為美貌而出塞和番。

本色，無論包不包裝，美不美化，摻了什麼元素調整，命運最後冶煉出的，是那些燒不毀的自己，稱為本色。

我們約定好時間地點，餐點內容。中午時分，餐廳在一個交通並不算太便利的位置，我得搭上捷運換兩次路線，再乘坐公車到約定地點，最後步行十來分鐘才會抵達。行前他仍不忘頻頻提醒，列舉幾種交通方式，若不想在晴空下晒太陽，則多換幾班公車；下雨則有不會淋雨的騎樓轉乘車點，記得攜帶雨具。然而習慣走路的我，下捷運後，還是直接沿大馬路疾行，穿越熱鬧的人潮，往住宅區一路愈趨寧靜，同時盤算著有哪些話題可説，該投其所好的聊些工作上的事？還是這正好是他不願多説的生活切面？思慮像汗珠般冒出，附著身上，四月的天，焦躁不安足以讓人滿身大汗。

遠遠探望騎樓下、站牌前的約定地點，猜測那三三兩兩路過的、佇立的，直覺般想著都不是他。在人群中，我試圖聽著遙遠如神旨意般的耳邊悄語，能否在千百張面孔中多回望他一眼。他或許在梅雨季時拄著傘，或許穿著休閒的馬球衫，或許是深藍低調的色系，衣服上或許有規則的圖案，領子是撞色的赭紅，戴著眼鏡，年紀是該到了有魚尾紋的時刻了嗎？自然捲的捲度，應該是髮長了而在髮尾捲起了的小波浪嗎？

他回望我一眼，向我招手。

或許神在耳邊悄語的，是他。

我們一路少話，表面像是沒事般聚在一起吃飯的朋友，走到路末端的咖啡店。咖啡店裝潢不修邊幅，像誤闖一戶民宅，主人有著撿拾古物的習慣，店內擺滿搪瓷娃娃、檯燈、花瓶、舊畫報、數個時針分針有著些微偏差的時鐘、舊沙發、小學的課桌椅，空間是被收藏擠得狹小了，而老闆就坐在一旁的烘豆機挑瑕疵豆，彷彿也沒有要特別招待誰的意思。

他幫我安置座位，就坐在並排的小學課桌椅內側，來回走動送上菜單、水杯和餐具，點單付款，由他為我代勞。望著眼前的他，我全然不明白自己說了什麼，只記得他問了：為什麼這麼堅持要走路來？

因為怕迷路，怕搭錯車。我說。其實有那麼一點時刻，我或許在自己都不知情的狀況下，有意讓自己走得很慢，故意讓汗溼透衣裳，讓他有點心疼，有點歉疚，有點刻意讓他負欠著，若是喜歡我，得用好長一段時間來還；若是不那麼喜歡我，也得好好款待我今日赴的約。

我們用完餐，喝完咖啡。他送我漫步長長的某某路幾段，在夕陽中走下緩坡，一路介紹這裡是阿姨住過的，這裡是念書時會來的，拐進貝果店又是坐下來吃了一頓點心，到捷運站了已經是夜裡。我向他道別，進站，回頭一望，他仍在，又揮了一次手，再見，再見。上捷運了，傳訊息給他，他也回訊，如果有機會，下次再見。我說好，很期待。

現代人的十八相送。

許多日子之後，他才願意跟我說起，他不愛走路，不喜歡散步；當天穿的是馬球衫沒有撞色的紅領口，那是另外一件，他後來才穿給我看的衣服；該說什麼話題才不會誤觸我這種孤僻難搞個性者的地雷，要點什麼菜色才不會讓我覺得他庸俗；不可以拿出手機，不可以讓不用智慧型手機的我感到被忽略。用餐時他不停在腦海裡咀嚼，想著吃完飯該去哪裡，沿路還有什麼店可以拖慢我們的腳步，直到慢到我與他，願意為彼此停留。

那是很久以後的事了，我後來才知道，他曾經在心裡無數個撥彈算盤的瞬間，是人生中一場絕無僅有的心算測驗。

〇九 蹺蹺板

總要想著他什麼時候會寄來新的信件。

明明知道彼此都不會在工作時寫信，卻還是頻頻查看電子信箱，翻著上一封的來信與自己的回信，校訂般不停想著這字寫錯了，這句有更好的說法。期待他偷偷送來一兩則訊息，偽裝成轉貼來的稍有難度的文章，或是試映會後影人的影評，自是知曉他的種種暗示、用隱喻偽裝的期待。

在同事起身倒茶弄水、有事詢問時，立刻切換腦海裡的視窗，回到工作中。踩著油門把事情做完，安排下班後的時間，未必又要見面約會，倒想自己看一場電影，跑一小時的路跑。難得好好坐在飯廳裡，與父母一起用餐，跟他們說幾句話。洗漱回房，處理一些瑣碎的工作小事，最後最後，打開信箱，看他送來今日釀裝成罐的蜜，悄然不欲誰知的放在一旁，被我悄悄地收走。

小時候玩蹺蹺板，想著要不是我這邊用力坐下，就是彈跳般高高躍起，全有全無的高高低低。再大一點玩蹺蹺板多半是陪孩子或親戚玩了，總是替坐在另一端的某個他想著該施多少力，要配合著發出燦笑或驚呼，想要見到對面的人開心的表情，自己借力使力地跟著蹲低或向上踢起。

發現自己終將不會再像孩子般全有全無地投身其中，投身某項事務，某個興趣，某段感情，某個人。那個吵著要男友在颱風天騎上幾公里的車送餐，否則會焦躁至死的自己，已經不見了，或許已經在某個時間裡走失，坐下來看風景了。現在，自己試圖在擺滿家人、工作、收入、興趣等等東西的蹺蹺板上，緩慢而小心翼翼地坐在這端，請他也躡手躡腳地坐在另一端，試圖保持所有東西精巧地平衡，不往哪邊傾斜而滑坡。時間如籌碼，人的貪心都有定量，我們彼此勻出一些時間，兌換成浪漫，其餘的時間，各自換取想要的東西。

我們在兩端望著彼此，如華爾滋般微微地上下擺盪，即將著地時，就用腳尖輕輕點起，對面那頭的他，一定知道我這裡，輕微的高度變化。

有一種緩慢是這樣的：
在海邊散步，覺得美，在心裡跟你說紙船的摺法，
聲音很慢很慢漂送過去。

2

給自己的禮物

愛情也是人生一種需要控制劑量的藥品，順從或依賴，都需要一些理智清明的話語。

一〇 禮物

生日這天早上醒來，一切如故，擔心著會發生的，都不曾發生。那些勵志書籍和人生指南上寫著三十歲以前應該做的事情，一件都還沒有完成，行事曆、會員折價券和網路自動祝賀通知就這樣宣告我的末日到來，審判就要降臨了——

照照鏡子，看見臉沒有瞬間垮掉，沒有一夕白髮，真是太好了。摸摸肚子，身材還沒有在我放棄人生前先放棄自己地走樣，真是太好了。還記得怎麼搭捷運通勤，不在複雜的轉乘點迷路，也沒有失去判斷力地對著即將進站的捷運列車招手，真是太好了。打卡時，公司的人事系統還記得有我這個員工，電腦慢則慢矣，令人發脾氣，但還能登入收信，工作同仁照常回覆業務進度，薪水照發，真是太好了。和父母還沒鬧翻，儘管總是想搬出去獨立生活，但遲遲仍不願獨立似的安穩地待在屋子裡，真是太好了。世界照常運轉，真是太好了。

歲數是什麼呢？好像只是我永遠坐的這班車，一個又一個過站不停的站名。終點還沒到，不急著聽候車長的通告，不急著收行李下站。我沒有搭錯車，但也沒有搭對車。

想到這樣，真是太好了。

在這樣有點幸運的日子，我決定送給自己一份禮物，禮物並不新潮，不是替自己購置任何新的東西。那是已經擱置許久的事物，只是重新拾起。

日本童話作家濱田廣介曾經寫過一個關於認同的故事《哭泣的赤鬼》。一個想和人類當好朋友的赤鬼，在家門口立告示牌，告訴人們：這裡住著善良的赤鬼，準備了點心和熱茶，歡迎大家來作客。想當然爾，人類並沒有接受這樣的善意，赤鬼只能把告示牌拔起，傷心地哭泣著。朋友青鬼來訪，聽到赤鬼的事情，提議著：我到人類的村莊大鬧一場，你再現身阻止我，這樣大家就會了解你是善良的鬼了。

青鬼的計畫果然成功了，在青鬼大肆破壞村莊前，赤鬼出現擊退青鬼，拯救村民。當然，赤鬼和人類成為了好朋友，卻也對青鬼非常不好意思。一日，赤鬼前往青鬼的住處拜訪，想探問好友近況，卻發現門口貼了一張給赤鬼的便箋，青鬼表明自己已經離開此地去旅行。原因是：如果我繼續跟你有來往，人們或許就會把你當成惡鬼。

信末，青鬼要赤鬼跟人們保持好關係，也要好好保重身體。

看著這幾行文字的赤鬼哭了起來。

故事跟著赤鬼的眼淚在此處駐足，但或許是濱田廣介長期耕耘兒童文學，故事也被選入教科書中，影響力遍布全國，不少人為此接續故事，發表續作，青鬼赤鬼彼此之間有了後來。像是赤鬼又與人類關係交惡，不得不也離開村莊，踏上尋找青鬼的旅程；或是一直對青鬼過意不去的赤鬼，前往青鬼的家，在門口貼上另一張紙條，寫著：心地善良的青鬼，請回家吧，我會一直等你。彷彿讀過故事的人最終都體會到，純然的善良何須替自己立告示牌贅言辯駁，也不需要巧工匠心地演一齣善鬼救人的英雄劇碼。青鬼的溫柔是沒有邊界的，就像故事在青鬼揹著行囊，不知何處雲遊的無盡處，漸漸淡出。

赤鬼第一次哭泣是為了自己不被認同，第二次是為了真正認同他的青鬼已經不在身邊。

領悟來得晚了，但不遲。

我常想，赤鬼怎麼如此執著？明知人鬼殊途，卻還是想和人類建立關係，人類有什麼優點值得赤鬼如此低聲下氣地備好茶水點心，隨時招待？對此，濱田廣介並沒有著墨交代，或許這份衝動就是毫無原因，赤鬼便是如此熱愛著人類——聽起來幾近是陷入戀愛的情節，無可言喻的，值得讓自己敞開門戶，隨意讓對方攻占。

這樣的全盤拋出，多像那些迷亂時刻的我自己。幸好赤鬼的一次失敗，就獲得青鬼的幫助，扭轉了他與村民的關係。而我起初幾次跌跤，還懂得為那個被拒絕的自己哭泣；數次之後只好穴居起來，蓋起堅固的城堡，把所有人阻擋在外。當個獨行俠，自己跟自己信心喊話：一個人可以去餐廳吃飯，可以看電影，可以登上高樓觀星而不被誤會成有輕生意圖的單身男子，感到孤單的時候對自己訓斥：「我不必其他人也能好好活著！」

起初沒意識到這是個否定句，否定了一些可能。但人是需要人的人，我無法蒙著眼睛騙自己不在意與他人之間共築的一個一個小樹屋般的時光。

或許我該像青鬼的紙箋一般，溫柔地為自己留言，寫著：我一個人可以過得很好；我也可以有人陪伴而過得很好。即使受傷過，也跟人們保持好關係，才是真正的滿意自己。這是我想拾回的事物，信賴他人和信賴自己共時發生，才能拆毀自卑的城牆。

生日這天我不意欲告訴誰這天是自己的日子，只是唯獨接受了他的邀請，共進晚餐。我們自小酒館的路離去，繞行國父紀念館數圈，仍有許多未盡的話，走進便利商店買罐無糖綠茶解酒，試圖讓自己清醒。畢竟，這是一件很重要的事情呢，我得深思熟慮地坐在用餐區，繼續跟他談天，反覆談話，溫柔地詰辯，像確認一樁什麼案子似的，進行一場理智的浪漫會議，終於同意兩個單數的我，變成複數型的我們。

他長得並不特別，身形一般，也沒有大好家世。他不愛買花送花，不做太浪漫的事情。我們之間有共同話題，但未必事事看法相同，我不期待他愛看電影與文學如我一般，就像他也不期待我了解身體細胞分化過程或十二對腦神經的背誦口訣、名稱和各自掌管的功能。那些票選的伴侶條件就留在票選裡，留給在網路世界散落一地的王子公主、男女諸神，我們都知道那些未必適合普通的自己。唯獨他是個醫生這職業超過我預期的普通範圍，偶爾擔心職業身分的落差，或思考的方向迥異。但或許也因此，他說話條理清楚，縝密，嚴謹。在夜晚我慢跑回來才發現他久等數個小時的晚安訊息，解釋自己是去跑步了，他卻會說「睡前運動會讓自律神經活躍，醫生並不建議」這樣的話語。常是他總把我從太過感性的邊緣裡拉回現實的樣貌。我清楚明白人與人之間的智慧不能光靠共感的感性，理性才讓人有沉著應對的能力——每當不知道自己被哪一個符號控制，陷入慾望的憂鬱泥沼時，需要一句話告訴我：藥是治病，也是致命；而愛情也是人生一種需要控制劑量的藥品，順從或依賴，都需要一些理智清明的話語。

三十歲這天，我送給自己的生日禮物，是願意又走進一段關係。

不必誰來替我末日審判人生與青春的殘餘價值，這樣，真是太好了。

我極度無法適應關係初期的不安，
總是在答應交往之後初嘗甜蜜一段時間，
隨後而來的猜忌動蕩總要搖晃得我無法好好站立。

十一 洗手作羹湯

醫生男友好不容易排出一小段時間，邀請我到他家開伙吃飯。出門並不遲，我把昨日自己配色買好的滿天星、櫻草、桔梗修剪，用緞帶打結，放入玻璃瓶中，小心捧著，仍然匆匆忙忙地轉車趕路，彷彿遲一分一秒都減損他對我的印象，最後只能是全身溼答答地坐在餐桌旁，放上花束。看著他緩慢沉靜而氣定神閒的用杓子勻著咖哩，試著鍋裡的番茄蔬菜湯，加入其他調料。鍋子上的熱氣被窗戶風流抽走，淡淡的香味不知道傳到何家何戶去了。時間靜了下來，是他的側臉，帶著眼鏡，小小的眼睛，眼尾有小小的魚尾紋，像魚輕輕啄著跟著他的視線，寧靜地注視著放到唇邊淺啜試味的湯匙，另一隻手懸空盛著，怕湯水滴落。

那是我從未見過的光景，他掌杓的模樣並不慌張匆忙，並不如母親料理如戰場的拚搏。

印象中，我從未見過任何一個情人替我下廚。

忍不住湊到他身邊，試試湯的味道，央求正用茶匙舀糖的他別加太多，放一點胡椒香料解膩就夠，蔬菜太甜了；咖哩挺好的，加一兩滴醬油也許會更好更濃郁。他笑笑説，好，放了胡椒。眼角的魚總是笑的。

記得自己曾經幫許多男友做過菜。年輕時的自己幫男友煮飯有兩種狀況，一是急於表現自己的大排檔式料理，拚命地把好料往一道菜裡塞，比方一道雞湯，有土雞、蛤蜊、人參、火腿、山藥、米酒和薑大把大把放，過補的食材和過多的佐料，看來都是過多的自己，味道濃郁也五味雜陳，像是拗拗扭扭的自己把優點缺點一次擺進湯裡熬了，忘記是對方要吃的東西。

另一種料理，則是在有限而拮据的狀況之下要變出一道菜來。一次發現冰箱裡只剩白麵和青菜，只能水汆之後淋上油膏蒜蓉，就連胡椒豬油都沒有的乾癟素淨，自己氣惱著沒有這個食材沒有那個調料，沒有真本事的廚子只能責怪環境的左支右絀。我頻頻道歉，歷任男友也頻頻安慰：只是填肚子隨意吃吃，何必這麼在意。至終我嘗到麵裡的生水味和菜裡的植物觳味，又覺得油膏太鹹，蒜蓉太嗆，記得細微得幾乎嘗不出來的味覺的，那個自大又自負的，我自己的味道。

醫生男友慢慢替我舀了一盤咖哩飯、一碗蔬菜湯，飯桌上我們閒話日常，像極熟稔彼此的伴，他細數煮咖哩飯的過程，得先蒸熟馬鈴薯胡蘿蔔，再炒洋蔥和蘋果泥，放數咖哩塊熬煮。醫生男友曾經，曾經長期在忙碌工作之餘還得抽空給前幾任情人煮飯，當時的他怎麼都不覺得累，只是分手後，他發覺連自己給自己做飯都變得難以下嚥，走樣的味道就像他暫時走樣的人生。

而今天重拾湯杓廚具，就像他重拾人生，我亦替他開心。他是喜歡下廚的人，只是有那麼一陣子忘記自己的樣子了。

我對他說：能吃到這一餐，我很榮幸。另一句沒說的話是：我很高興，你找回你自己。

一個人做的一道菜，菜裡多少都是自己的樣子。我嘗著味道，思尋著他曾在哪個食材或調味裡，為了當初某一段關係而做了調整？是蘋果泥還是蒸熟根莖食材的手法？我總要想起如果是自己的母親，應該會用最快速的方式切塊下鍋，整個煮熟就加進咖哩塊攪和，分開作工著實太費事了點。

「蔬菜湯的牛番茄只用了一顆，想不到就這麼甜。高麗菜在超級市場買的，貴了點，一顆一百多，對不起啊。」他說。

我想跟他說：沒關係的，等我摸熟附近的菜市場，再讓我來責備你，為什麼不在某個市場的某個街角的蔬果攤買呢？我不是跟你說過很多次了嗎？

我想他一樣會笑笑的說，好嘛，我忘記了。

屆時我會因為他的魚尾紋原諒他的。

十二 手裡的小事

早上用熨斗燙衣服，一直覺得有個衣角沒有燙平，來回幾次，發現是縫在裡面的洗滌說明。

用完熨斗的早上，出門前，我一定會再三檢查有沒有關閉熨斗電源，插頭有沒有拔起來，熨斗的表面溫度有沒有降低。最後出門時，還會學著捷運或鐵路列車長的指差確認，在門口指著熨斗說：我出門囉，當然是在心裡說的，對著想像的朋友般喃喃。

我的自我懷疑是日常，針砭在這些小事情上。像用手旋緊確認三次的瓦斯源頭、按壓數次延長插座的開關閥，或是鎖上門了以為沒鎖，最好的確認方式就是再用鑰匙打開一次，「原來自己已經鎖了啊」，這樣想著，最後關上門就是真正忘記鎖門的那一次。

我不知道自己何時開始如此緊張，小時候當鑰匙兒童的年代還沒，中學時會反覆用手指檢查髮際中分線有沒有跑位，並撥開垂墜於額前的髮絡，同時與班上男同學的告白失敗，的當下，覺著有好多雙眼睛盯著自己看（儘管事實上沒有），怕別人看見乾脆選擇不看見別人，趴在桌上一句話不說。剩下的我敢看的事物，或許只是我能掌握的，微乎其微的小事。反覆凝視如用眼神揑緊的，還是害怕不在自己的控制之中。

我極度無法適應關係初期的不安，總是在答應交往之後初嘗甜蜜一段時間，隨後而來的猜忌動蕩總要搖晃得我無法好好站立。這次仍如履薄冰，偶爾猜想那看不見的競爭者在何處？是在某則動態留言的人？某個互動的人？或是突如其來的訊息和電話插播入我們的對話中的不知名的人？

以為再也不介意了，這些令人不安的小事，像洗滌標籤一般，令人不自在。

我們依常約會，像一般情人看著他遠遠跑過來就像孩子一樣，有那麼一瞬間我也很想像小孩子一樣跑過去，如同漫長暑假分開了很久，終於開學了的那一天，還沒坐定就急著跳起來拉著同學說話，終於可以跟最親近的同學講講自己玩電玩破到哪一關了，假期去哪裡玩了，即便是上課時也坐不住地扭著屁股。他站定後才說醫院裡有一些事情耽誤到了，一陣忙亂如同他一陣解釋，講了許多後說：我好像應該要把工作跟生活分開，不該一直跟你抱怨工作上的事情。

我喜歡聽，不打緊的。

我們在公園長椅上吃著我下班時帶過來的麻糬，麻糬就是一種裹得滿滿髒髒才好吃的東西，用門牙切斷，花生碎屑黏滿牙齒也散落一地。附近居民帶狗出門散步，柯基犬的活力總是被不成比例的身體和腳長限制，奔向我們碎落的食物片段，而養柯基犬的是不是都是愛上牠臉像金城武身體卻像曾志偉的反差萌呢。生物的發展總讓人感到奇妙，或許是人都太希冀穩定的規則才覺得草木芻狗的世間太過混亂。醫院裡，醫生的手總是用來切割、燒灼、打磨，極力避免規則外的事物產生，予以切割。但當疾病的生之欲大於生命體本身，如腫瘤細胞，如病毒或細菌，或許人類認定的死亡一步步逼近。他說，他不得不讓自己接受，醫院裡，病床上，天天上演的事情，似乎人生要面對的不快樂會比快樂多，放手捨棄的，會遠超過獲得的感覺。

洗滌說明仍卡在左側腰內的衣襬之間，邊不平的小角，輕輕搔癢著我。我若是問起那些無關緊要的，心裡的小小拉扯，會不會被嘲笑呢？但終究還是敵不過好奇心問了，其實也無涉我兩之間半步，同學朋友，人際往來，有什麼是我可以緊揪著不放的。

但他是開心的，代表我願意說，不把事情擱在心裡，各自發酵。

醫生男友今天忙到沒時間整理頭髮，頻頻撥著瀏海，說不好意思，髮型一塌糊塗。理髮師的手再巧，也敵不過時間給予人模人樣的半衰期。要研究的疾病太多了，忙不過來。

我幫他撥撥頭髮，遛狗者與狗，散步者與鬆散的步伐。突然想起上次幫他洗頭髮時，按著風池穴，他突然不說話、全身放鬆的那一刻。是我的手，讓他這麼安靜。

十三　看電影

看電影之前忘記買水了，影城裡的飲料又特別貴，男友想下樓幫我買水去，我說沒關係，拿出口香糖嚼了一個，另外一個咬成兩半，裝在門牙前：看，是暴牙兔兔。他笑起來。總是這樣，他覺得我是一個奇妙的人——憂鬱的時候把自己關在一個冰晶般的世界裡，把時間凝結；孩子氣的時候卻又不顧形象的搞笑。他說那叫「反差萌」，意思是，人格之間的落差太大，偶然的一個鬆懈或釋放善意，都成了可愛的地方，像闇暗房裡，突然冒出來的兩顆眼睛，一開燈才知道是一隻黑貓睡醒。

影廳外也給了他兩個口香糖，進影廳後半小時，配樂臺詞空檔之際，我聽見他不再咀嚼了，就伸出手來碰碰他的下巴，要他吐在我手上，我會再用衛生紙包起來。不知道是不是他發現我正用耳朵注意他呢？傻笑著拿走我的衛生紙，自己吐進去，包起來，卻又被我拿走。後來他又想拿走我手上的，他的口香糖了。小小搶了一陣拗不過他，只得讓渡。其實我知道他一定想，身旁的男友個性怎麼這麼倔拗，口香糖都要捏在手裡，當成珍珠一樣握著。

電影結束之後我才知道他憋尿憋了一個小時，是怕打斷我看電影的情緒，也怕我突然掉淚，需要有一個人身旁，可以抓，可以碰，可以確定自己的感傷會跟著電影結束。

他說：我知道你在電影院裡都是正常能量釋放。

哭並不代表悲傷，常只是悲傷最顯而易見的形式。許多情緒板塊隱沒在地殼和海洋底下，它們互相撞擊，才有那麼一點點有感的悲傷浮出水面，輕微搖晃。很長一段時間我都在電影院裡度過，一年一百五十部片，兩天就進一次電影院，不是喜愛追逐片單，相反的我只是背對討厭的事物逃跑。一次又一次，下班瞬間自辦公室逃逸，用便利商店的食物果腹，把自己關進暗室時，我都在測試自己的板塊是不是已經壞死了，不再移動了，怕自己的情緒將會永遠潛沉於水面下，像一個機器人般的過活，像《崩壞人生》（Demolition）裡的Davis，得先拆毀自己太過規則的生活外殼，才能看見真正的悲傷不是因為喪妻之痛，而是發現那個只剩外殼而內心麻木孤單的虛假人生，是最悲傷的。

一次又一次，我總是透過這些電影錨定自己的板塊位置，一塊一塊更加清晰，每次的撞擊搖晃，確定自己：還好，還活得像個人。至少是個濫情的人，總是能夠發揮很多共感或腦補，貼近別人一點，看著那些受傷起痂的傷口，就能感受對方的痛。

但我不寄望別人處理我的情緒，一個人如果看到另一個人在哭，要不是難以處理情緒驚惶地跑開，就是給點不著邊際的幾句話安慰。我難以訴說那些都是，對，是我的正常能量釋放，與人生無涉，電影只是我最親密又遙遠，隨時都能抽身離開的情人，我並不為它負半點責任，卻為了它催心折腸得半死。

而醫生男友什麼也不做，他只是最後在捲字幕的時候遞給我衛生紙，然後出了影院能和我討論電影的，那唯一不害怕一個濫情者在他身邊頻頻釋放能量的人。

「我不怕你因為電影哭泣，我唯一不願意的是你因為我而哭泣。」他說。

朋友說我終於找到一個可以陪我看電影的人了。我想是啊，真是非常難得。

十四 怎麼做才對

「因為放風箏就是要『讓風箏代替你飛上天空』，所以要輕鬆愉快才是。」

跟男友一起讀很喜歡的繪本，五味太郎的《怎麼做才對》，封面是每一種人每一種不同的表情，彷彿告訴我們，這世界每種人有不同的想法和面世的臉孔，而你又是什麼表情？醫生男友喜歡放風箏的一篇，問：小孩子會懂得這樣的哲理嗎？

說不定小孩子覺得這些話都理所當然，真正忘記這些事情的是我們這些大人吧。

所以是給大人看的吧。他說。

沒錯，多半時候，大人看繪本的感觸不比孩子少。在當圖書館志工，說故事給孩子聽時，孩子並不對其中提出的種種可能感到好笑或奇怪，反而說出了更多放風箏的方法，有短跑的，長跑的，搭在爸爸肩上的，在山頂拉繩放置的，或是要放到外太空的，迄今看來，也不無可能。

距離上一次見面是幾天前的事情，兩個人都在臺北卻忙得無暇見面。醫生男友這次特意來了，說：不能因為你早下班所以總是讓你跑來找我。這天我腦袋轉得太快，下班後死機，停止運作，說不了太多話，在咖啡館裡陷坐沙發，讀繪本，三兩句聊天，從手機翻到了以前交往對象的照片，我忘記了自己留存著這些，點開時，記憶就像解壓縮的封包，所有情緒像幽靈一樣馬上附在身上。

當他也翻到舊情人的照片時，又勾起我那最要命的自卑感。長得真好啊，我說。

他像是說著別人的故事一般，不帶褒貶的說著自己的曾經。「我知道這些都過去了，帶不走我的現在。」男友牽牽我的手，要我別難過。

想起來，談了戀愛，認真對待，就太過易感，常會因為小事眼睛泛淚。

年過三十，都被孩子們稱為叔叔了，年紀長了，心卻越來越毫無防備，一點枝微都能扎得我難過感傷流起淚來。以為自己夠完整了，心裡卻冷不防跑起小劇場。偶爾我會猜想萬一失去他，一切坍塌成廢墟，我是否還有能力清運掉斷垣殘壁，歸零，再重來？讓過去就過去，不算辦不到的事情，但也有點困難。我並未卑微得將自己關進患得患失的恐懼中，也不是恃寵而驕地只是將他當作自己的一個玩具，或許位置對等了，才有這樣的矛盾。

《怎麼做才對》中有另一篇我獨愛的篇章〈怎麼吃魚才對〉：

在幾千、幾萬、幾億個人當中，不是這個人，也不是那個人，偏偏是這個正在發呆的小孩。在幾億、幾十億、幾百億條魚當中，不是這條魚，也不是那條魚，偏偏是這條魚。恰巧在餐桌上偶然相遇。真正有話想說的明明是這條魚，可是牠卻連一句話都說不出口。

重要的是，如果能讓那條魚這麼想：「啊，被這小子吃掉真幸福！」那就是正確的吃魚方法。

張愛玲寫的，碰巧趕上了，沒有別的話可說，輕輕一句你也在這裡。但我偏愛吃魚的溫柔：千萬人，千萬魚，恰巧碰上了，請滿懷感激的心，讓這條魚幸福地被吃掉，埋怨與不滿，請在來的路途上，自己先好好消化。

在送他去搭捷運的路上我們拐進小巷，偷偷牽手，這是有理由的。因為我想對他說一些喜歡或是愛之類的話語，不能想像如果有一天將會失去這段關係的日子，但我膽小，不敢說，只能偷偷用手告訴他，希望他讀到我想說的這句短得像便條的話——如果可以，我以後要寫下這句話，貼在門板上，讓他出門前就能看見，就算我還在睡，他能帶著這句話到天涯海角，像風箏在飛。

要輕鬆愉快。

十五　打電話給眼前的人

醫生男友手機沒電了，又沒帶尿袋（行動電源），傳訊息跟我說：「我們先約五點半在捷運站口，真的沒電的話我會想辦法打給你。」又說，「你可以打我備用的智障型手機，如果真的找不到我的話。」叨叨絮絮，就怕我找不到他，我會慌張。我搭上捷運，趕到目的地，遠遠看見他在站口，是下班後的一身疲憊地站在那裡。

我故意打給他，讓他接起電話。

接電話的表情可以判斷當下關係的狀態，若是一臉稀鬆平常，那兩人之間倒也相安無事，或是早已經融為生命的一部分。若是接電話時一臉不耐，恐怕關係中有許多亟待溝通的事物，卻本能地抗拒，表現在電話響起、看見來電顯示的姓名時，一臉焦慮地不知如何是好，有許多怨言如火藥硝石積累，電話是引信，說了就要引爆。

我看著他接電話時一臉睏倦變成明亮，覺得，再好不過了。

想拿手機查附近店家資訊，卻發現手機沒電，變成磚頭了。他說。手機一點也不重要，收進包包吧。我們隨意吃過，散步到捷運站，陪他搭公車回到醫院，他頻頻說著不好意思，讓我這麼晚才回家，像是有解釋不完的話。我看著他說，沒關係，這班車也到我家，這是順路。

醫生男友一直說自己是個囉嗦的人，當他和我第一次見面前，就先替我查好了到見面地點的交通資訊，公車路線，行駛時間，在哪一站下車；如果坐捷運來該怎麼走，看到陸橋直走不要轉彎。見了面之後也先打預防針說自己是個囉嗦的人，怕因為他話多會把我嚇跑。事實上那天我們從中午吃午飯聊天，換個咖啡廳，他送我回家的路上也說個不停。我們終究沒有像《愛在黎明破曉時》（Before Sunrise）那樣漫遊一整晚，電影終究是電影。我只是很耐心的聽著他說著自己的事，以及，享受著當我撇過頭去時他停留在我身上的目光。「他好像還有很多話不曾與誰訴說而想說呢」，我這樣盤算著。知道他好像還會碎念很久似的，我只是把這些話語往後偷偷推移了一點，所以先離開了。

這天他下車了，我在同一輛公車上慢慢晃著也到家了。是的我沒有刻意為之，這班車的的確確也是到我家的，在他眼中，我的執拗和孩子氣一定讓他覺得好氣又好笑。打通電話給他，說我到家了，安慰他試圖用千言萬語掩蓋對自己自信缺缺的不安，沒多說什麼，就掛掉了，想著他應該也如同我一般帶著微笑接電話吧。

我許久不曾給誰打電話了。

上一回，是服役時，在服勤的國小宿舍。收假時，我自臺北車站購入許多存糧，麵包、甜點、千層蜂蜜蛋糕，以及鐵路便當作為當晚的晚餐，在轉運站又買了一份速食店的雞塊漢堡，搭上客運，一路夢境香味四溢地晃蕩到苗栗火車站，再拎著大包小包，騎車進入隱藏於山林深處的學校，時間已晚，無人的學校周邊三三兩兩地圍著一圈居民，一入夜就只剩幾盞燈火，杳無人聲，寂寞如星空逼仄於眼前。走出宿舍空地，尋找有收訊的地方，撥一通電話。聽筒許久才撥號出去似的，傳來沉穩的嘟聲，我的孤獨嗤嗤擦擦被接通。是母親。我報備著已經到學校了，母親照舊說著臺灣媽媽的標準問答流程：到苗栗啦？有呷飯嗎？衫多穿一點！後啦後啦！掰掰。

再前一次是與A交往期間，但特別有印象的不是A日日打來說晚安的時刻。而是好友E將出國工作前，我住在E的住處那晚。或許是最後一次見面了，我們約好一起用餐。約定的時間才剛到，我緊張兮兮地打給E，沒接，就遠遠看著他騎車迎面而來，踢起側柱停車，摸摸震動的口袋，接起：喂？喂？跟著在眼前的我玩了起來。餐後，他用他那臺騎起來會發抖的老機車載我到他的住處。念資訊的E自組電腦，還玩著386、486的老玩意，線頭纏繞未收，書也散落一地。早些年前造訪時已經替他收過房間了，被他用賢慧二字形容，擔心是不是我涉入得太多，這次索性不收了，只是坐在他身邊，靜靜聽他解釋著電腦組件各名詞的意義。

我與E相識得早，升上大學一年級，部落格裡突然來了E這位訪客走踏，E寫了許多留言，也邀我去他的部落格裡看看。或許是意氣相投，但個性相反，我們在數個有著共同興趣的領域裡總是能往覆來回的說上幾段，便越走越近，近到讓我很難不去想，再多一步，就越過朋友的界線了。但是命運，也是命運，A就像是步伐明確而用力地走進我的生命，在我確認與A的關係之前，我總是頻頻探問E的消息和心意，但至終沒有越過彼此之間的分際。

留在E房裡的那個晚上，睡前，A又打電話來，我走出陽臺接電話，A問我在做什麼？我故作輕鬆的回答：沒什麼，要睡覺了。卻也不知道自己為了什麼而慌張。回到房裡，E問著，是男朋友打電話來吧？我笑著沒多說。

當晚我躺在E身旁，想著，人果然是需要定義的，為了逃避解決混亂的對應關係，所以需要定義，把人變成點對點的線狀關係，或者乾脆畫一條線，分開那些會令自己不敢面對的、曾經捨棄的、矛盾掙扎的。E突然伸出手，輕輕把我的頭放在他長期健身的壯碩臂膀上。「A真是幸福的人，我真羨慕他。」不知道為什麼，E突然說起這樣的話。

當晚，我們就這樣睡去，彷彿一直以來，我們之間，就只是在兩側對望。

隔天他又騎著車載我返家，目送著他離開。我走上樓之後，撥了通電話給E，到家了，我說。但其實明明就只是從公寓一樓走上幾層樓的距離。

嗯，這樣就好。他回答著，人還在樓下。幾天後，他離開臺灣。

如同很多人一般，因為有了網路，很多年來我也將電話擱置不用。偶爾的撥打電話，就顯得如此重要。手機幾經更迭，我也沒有刻意存成通訊錄，沒有記起誰的號碼，然而，還會記得並撥打那屈指可數的幾串數字，就顯得特別重要。

有一次我打電話給男友，他疑惑地問我怎麼了？

我沉默一下，但忍不住哼哼笑意，你應該知道我要說什麼？

知道，我也是。他說。

有那麼一些時刻，我仍覺得即時的通訊有那麼一些好處。

打一通電話給眼前的人，就像小時候上電腦課時，故意用簡單的傳訊軟體丟訊息給在意的同學說：嗨，你好。彼此抬頭，相視，用眼神嘴型輕輕罵著對方：你是笨蛋嗎！傻傻微笑，好似我們都喜歡這樣的笨蛋。

就如初初相見一般的傻氣。

十六 地震快訊

地震時，所有人的4G手機都響起了通知，我那只收得到3G訊號的舊手機也有通知，是醫生男友傳來的關心訊息。

地震發生的時候，我並不太想知道震央和震度。科學家知道這件事是有用處的，他們研究能量、想像板塊的長相、推估自然的運行模式，試圖用一套數理歸納自然的精密設計。辦公室裡的人們好奇每件事情發生的原因，震央在哪？多深？震度多少？然後驚呼著比較著，哇這只有二級喔？怎麼比上次的三級還晃？把感覺跟量化的指標一比，沒什麼結果。好像一則人畜無害的新聞，一個體驗營，一隻突然出現的蟑螂。

男友傳訊息來，我突然想到，那時我們已經交往了。他記掛著了，儘管忙碌。短短的幾秒，看到他的一句話，我想3G手機足夠我用了，我不需要那些我不需要的。

新購置的智慧型手機壞了之後，我暫時用回舊的３Ｇ智慧型手機。與其說智慧型，但時間僅只過了幾年，舊款手機也會對各種更新莫可奈何，變成智障型手機，我像個殘酷的馴獸者不停用手指鞭打手機，要牠開地圖，開對話視窗，牠像老獅子一樣吃力地翻滾、跳圈，勉力做出我要的動作。母親見狀，一直往往復復問我想要什麼款的手機，我直白說自己其實不愛也不需要這種產品，說了幾次，她換個問法，問我喜歡什麼顏色，我問：你問這個幹嘛，她咬咬牙生氣地說，唉呦你就講咩。不知道她到底是想表達好意還是在耍任性，似乎高中之後我再也沒聽過她問這句話：喜歡什麼顏色。從某個時間點之後，我的顏色都是我自己在決定的了。其實我都清楚她想表達些什麼，想送手機給我當生日禮物，以為拐個彎來我會渾然不知的被擊中，只是，其實我一直都不太清楚到底是因為這個年代大家都需要手機所以她也這樣覺得，或是她看著那些搞不清楚是商品發表大會還是鄉土劇裡，男主角女主角帶著整臉完美妝容睡覺的半夜來了電話，鏡頭好精心刻意地照在雙螢幕的亮麗手機上，等著劇中人接起如同等著劇外人如母親自己也該握有一臺。

還是她其實從來都沒聽懂我一個字一個字講的中文。

事後她自己買了，我是不用的，知道她會自己用，我也不會為了那錢心疼，還總是想著她如果缺錢我提與她用就是，到了這個年紀當口，錢都是微乎其微的小事。但只是更了解，這世界許多關係並不會因為字字句句說得再清楚的溝通就有用。尤其這樣的狀況發生在親近的人身上，不得不處理的天天，讓我只想躲開。

手機到現在只能打電話、收發簡訊，偶爾連上網路，在韌體完全沒有更新的舊機，連開個應用程式都會產生半分鐘的延遲裡，想想要說什麼，遲緩地打字輸入、丟訊息。如果看到什麼有趣的影片，文章，複製網址像一串摳機年代的密碼送來，用手機已讀，不回，打開電腦才能與世界連線。

地震襲來，該避難防災的避難防災。我著實是個不太有趣的人，不會跟大家一起圍著笑鬧討論震央震度遠近，以及被突如其來的搖晃嚇一跳的種種經驗。這個世界多半沒有急事，對著急的人們已讀不回，做自己的事。

十七 挪威的森林

「不過渡邊也跟我差不多噢。雖然他是又親切又體貼的男人，不過其實卻不能打心底愛別人。經常有某個地方清醒著，而且只會飢渴而已。」

——《挪威的森林》

和醫生男友逛書店，滿牆的翻譯小說，他問我：看過魔戒嗎？我說，沒有。看過東野圭吾嗎？只看過《解憂雜貨店》。看過村上春樹嗎？我不是村上迷，也很少看他的作品，依稀記得看過一些雜文，或專訪，但什麼也想不起來，回答沒有，有點擔心他會大表意外，身旁朋友同學不少村上迷，就連母親偶爾都會談到哪個阿姨的女兒哪個兒子就是你表哥表姐家裡也會有一兩本村上春樹。醫生男友笑起來：那你到底看過什麼啊？我一時說不上來，許多書我看第二遍之後，一打開書，就只能一直停在某個句子上，想著自己的事情，到最後看過什麼都忘了。

或許我心裡都只有一本書，寫著關於自己的事情。過幾天醫生男友給我《挪威的森林》上下冊，紅皮綠皮的版本。「我非常喜歡，讀了好幾次喔，你可以看看。」

我一直都覺得自己是個自私的人，我記得好多老師一直跟我說：「要繼續寫喔。」這樣鼓勵的話。心裡最感激他們的，不是教會了我什麼文學的技藝（因為其實我什麼都沒學會），而是他們總會在某個時間，給我的人生進程一點點幫助，有時候是一句話，有時就只是說：要繼續寫喔。然後就再也沒機會見了的老師。

某些低潮的日子如礁石滿布，生物與岸都乾渴。我常常漫無目的走在路上，一走兩個小時，總想著製造一場意外，期待一輛迎面而來的車子撞上。走到身心困頓只仍猥瑣地回家，偷偷用鑰匙轉開門避開家人躲進房裡，自己洗洗睡，躺在床上覺得自己失敗得令人好氣又好笑。

那段時間我沒有辦法畫出想要的生活樣貌，只能關起門來，不停寫字。寫失去的愛情，寫家人，寫自己也曾有的認同困擾。寫到一任男友A的事情時，突然覺得自己的卑劣：

「有一次我們去澎湖夜釣小管，海浪很大，收獲不好，我等待許久，自己釣起第一隻也是最後一隻，那時終於從暈浪之中笑了出來。那天船長請我們吃新鮮小管生魚片，小管煮的肉燥麵。收船回民宿，我和他在房間裡吃零食、看著電影臺的白癡電影，廣告太冗長，沒事的時候就發呆或是問問彼此家人怎樣，接吻親密是少的，但那不代表不愛，太熟悉的時候隨時都可以有激情，但累的時候還是省省吧。

後來Ａ送了我一個禮物，那是我釣到小管、拉著釣魚線、向他炫耀著『你看這可是我釣到的呢』的畫面。他用手機拍了下來，請沖印店做成桌曆。但我覺得我那時拍照不好看，所以一直沒用。他在卡片背後寫著：終於釣到小管。

我記得他替我拍照的那個瞬間，握著當年的手機，在小小的方格子裡對焦、拍攝。他的眼睛不大，但是視線專心、定焦，數年間，他有許多這樣專心看著我的時刻。」

而我當時在做什麼呢？其實我當時，一點也不在乎他做了什麼，倦冗的度假生活裡，只是專心地當著我的死觀光客，記錄自己不斷散佚的心情。

我與他，在某個時間點上，想像的畫面背道而馳，變成負片。

在那段我被豢養得很好的關係裡，有許多時刻我其實一直在懷疑自己是不是愛他的，我是不是只是按照愛情的形式來對待他？按著他的劇本配合著演出，只為爭取一個人全然的對待。第一次和A約會時，他帶我去看《驚聲尖笑》（Scary Movie），我只看著電影裡的演員們不停用極其誇張的演技表演，嘲弄驚悚片的浮誇。電影結束後他問我好不好看，我發呆了幾秒，不知道為什麼自己要看這樣的片，這是談戀愛的過程嗎？看一部惡搞恐怖片的喜劇片。然後他帶我坐車回他家，拎著鞋子偷偷避開一樓的家人，到二樓他的房間。

晚安。躺在一旁的他說。

我發了一陣的呆，直到自己睡著，隔天醒來他問我要不要吃火腿蛋，我說好。

他出去買早餐時，我一直在猶疑要不要現在就走掉呢？我喜歡他嗎？但最後也沒有真的走，想著，還沒吃到火腿蛋呢。看到他回來，拎著火腿蛋和中冰奶，我突然為我的飢餓感到高興。他看著我吃得很開心，就摸摸我的頭髮。

等等我送你回去。

電影票的錢跟早餐的錢呢？

不用，我請你吧。

我轉頭看著他，找到一個人交往了的他是這麼的開心，臉上的笑都藏不住，而我卻置身事外地看著他一個人的狂歡，自己心裡卻沒有任何感覺。想到「自己心裡沒有任何感覺」，胸口像是突然被揍了一拳那樣的悶痛，那種痛，大概就是歉意吧。

我們的問題一開始就浮現了，年輕的時候心心念念想著的是應該要談個戀愛，像學校裡的人一樣，大家都可以有的，我憑什麼不能擁有呢？大概就是像小學生搶糖吃一樣的想法。我們的情度錯置，像兩條不一樣的軌道，我疏離地看著這樣的人，他努力一直想抓住我的軌道，以免名為愛情的火車脫軌，停在一片荒野之中，成為廢墟。

但愛到後來，到底成為廢墟了，我至今還是會想起他入伍服役的第一次懇親，我一夜沒睡，在外宿之處煮雞湯，算著懇親開放的時間，一定要第一個把他接出來放風，於是天都還沒亮時，叫了計程車搭車到新竹關西。計程車司機問，懇親喔，這麼早，你是他的誰啊？我在後座默默不講話。那趟車錢花了我一千元，第一個在簿子上簽名，等他被叫出來，他頭髮剃光了，像個囚犯一樣跑出來。我記得那個時刻，腦袋裡想著的第一句話是：好累。

在那段關係裡，我永遠都在還東西似的，他做得越多，我越抱歉。不是那麼真心喜愛他的呀，即便感情是可以養出來的。

現在想起來，有許多不能被挽回的歉疚，他被我收在我回憶的湖底，每次寫他的時候，就像是丟一點歉意做成的飼料進水裡，想像有小魚正在吃掉這些歉意。寫那些情人也是一樣的，當年我並沒有寫他們，總是在分手後才寫他們，也就是這樣，我總覺得自己一定養了一大池，成千上萬的，用我的歉意餵養而成的魚吧。

這兩天看完《挪威的森林》，一直想到這段話。我知道我總是有那麼多解離的時候，跟那些交往的人們相處，我總是覺得當場不只有兩個人，而是三個。一個是對方；一個是肉身的，有形的，配合著愛情範式運作的自己；以及最後一個「我」——那個在一旁素描並記錄一切的，我。

在那走在低谷的三年裡，我不斷寫著他們，與其說重新把它們擺回我的生命裡，不如說，我只是重新審視了自己在每一段關係裡有多漠然和冷眼旁觀，又十足自私。

漠然看著別人拚命掏出的事物，那是多麼可怕的事情。

醫生男友有時和我說話，做了一些好笑的事情，他都會問我，這會不會也會變成文字紀錄啊？

會喔。我說。因為愛情，我得專心。

經過這些人事物之後，我對世界還有那麼一點點貪心。我並不想讓寫字變成一種告別的手勢，在結束之後才寧願懺情般的紀錄和哀悼；而是從日常裡，織出我和他最厚實的部分，給彼此心底那個一路走到這裡、披荊斬棘、歷經傷害的孩子一點溫暖。

因為我們都是清醒的人，知道愛是最想要，又不容易的東西。

在那段我被豢養得很好的關係裡，有許多時刻我其實一直在懷疑自己是不是愛他的，我是不是只是按照愛情的形式來對待他？按著他的劇本配合著演出，只為爭取一個人全然的對待。

十八 脖子

男友出國了，是在交往之前就規畫好的行程。行前我反覆跟他說：難得的假期，放心去走走吧。欲蓋彌彰地說了許多次，像任性的老父老母坐在夕陽餘暉的沙發裡趕走兒子快去成家立業，真的趕走了又一個人流淚。被他聽出我的焦慮來了，說：我很快回來，不會不見的。

我想起以前和他聊天時，說過自己小時候其實非常黏人。大概是幼稚園大班的時候，一個夜裡，母親拎著包東西，抓了鑰匙，匆匆忙忙出門，三步併兩步跑到樓下。我眼見不對，顧不得自己只穿著小ＹＧ內褲，飛也似的追到樓下，看見母親已經跨坐在機車上，轉開鑰匙，發動引擎，我心裡緊張，忘記自己有嘴巴可以直接喊話要她等一下，只是安靜地抓上機車後方的把手。急匆匆的母親沒注意到我，往前騎了十幾公尺，發現不對，機車怎地這麼重呢？轉頭一看，發現我雙腳著地，雙膝貼著柏油路，毫不吭聲地被拖著走了一段。

好不容易停下來時我才大哭，你要去哪裡？要去哪？其實母親也沒要去哪，只是倒個垃圾，弄得像是什麼家暴案，心疼地把我抱回家。父親和哥哥渾然不覺我偷偷跑出家門追出去了，各自看著自己的電視、玩著自己的玩具。

「出去一下不會不見的。」我忘記那是母親跟我說的話，還是我自己在當時得到的結論呢？想不起來。我只記得被拖著的當下我都沒有感覺，停下來的時候，才可以問為什麼、發生什麼事情的那時，我才擁有哭的權利。

似乎我從小就很懂得忍耐。

稍微大了點，練習到可以一個人獨處，不會再像之前那樣拖著機車後把手了，母親才安心的去端子公司上班工作。有一天早上醒來，家裡除我沒有半個人影，正想起床打開紅白機玩策略遊戲的進度，卻發現自己脖子卡住了，視野只剩下身體的左側方向。想起父親以前也會這樣，大人稱之為「ㄌㄠˋ ㄓㄣˇ」。但我「ㄌㄠˋ ㄓㄣˇ」得太嚴重了，整個脖子只能向左歪九十度，像一個疑惑的貓頭，歪著看世界。一個小孩子哪受得了這種綿長而劇烈的疼痛啊？

我試著打開電視，接上遊樂器，讀取進度，明明臉是看著電視螢幕的，但我的身體卻是朝著一旁陽臺的落地窗。諸多不便，在靜悄悄的房子裡我做了個決定，帶著鑰匙，走路去母親公司，找她解決我的「偏見」。

那是七月的正中午，我憑印象，走過民權隧道、民權東路，上了一座山又下來，一個多小時的路程，來來往往的汽機車和公車司機看到一個歪著頭在路上走路的小孩，一定也會覺得奇怪吧，孩子要去哪呢？怎麼不坐公車呢？走到港墘的母親的公司，拉開門，裡面的女工阿姨們和母親都嚇了一跳，此起彼落地說你奈來啊？頷仔頸奈歪一邊？你ㄉㄠˋ ㄓㄣˇ齁？

忘記是誰幫我抹了陣痛的涼膏，稍稍舒緩後，我坐在椅子上，開始打瞌睡。此後一落枕，我就在家裡的藥箱裡翻出各種可以陣熱解痛的藥膏來抹，抹一下，勉勉強強可以開始寫功課、看電視、打電動了。

長大好像是一帖清涼的藥膏，抹上去，痛就不見了，可以做正事了。只是我始終不知道這種黏人的習慣還存不存在，但只是很久都沒感覺到了。

大學的時候，從同學的手中接過張桂枝來養，桂枝那時候剛出生，還是小得可以用一隻手捧著的小貓，得從吃泡軟的飼料、學用貓砂開始。不過許多事情一教他就懂了，很少讓我教他第二次，聰明像我，我這麼傲慢又得意地想；但黏人也像我，在我洗澡時，關上門，他就會坐在門外不停叫著，害我只好趕緊洗漱出來。

要上課了，我心裡擔心，要是我出門了，他大概也會叫叫嚷嚷個不停吧。好不容易在上課之前終於下定決心出門，才一出去，他就跑到房門旁叫著。我心一軟，又開門回房，順毛摸著他的脖子，直到他發出呼嚕聲，睡著。以為好不容易可以去上課了，才一動身，他又醒來了，跟著我到門旁。

我捏捏他鼻子說，不行喔，自己待在家，我要去上課了。以前曾經恥笑那些養毛小孩的喵言喵語，現在輪到我講這些貓話了。安撫兼恐嚇地說了一陣，看他好像平穩了一點，我才走出去。但還是可以隔著門，聽見那很低落，很低落的喵叫聲。

我一定是讓他很失望了呀。

桂枝久了也習慣了，不會亂叫了，我也習慣了我出門之後再回來接受他發脾氣把房間弄得亂七八糟的慘況，是我親手捧著他，跟他生活在一起的，收拾房間的時候，我也沒有怨言。

那時候的男友曾把桂枝接去養一陣子，他說，桂枝很乖耶，自己待在家，自己玩，也不會吵到鄰居。只是聽到他回來的腳步聲，會馬上跑到門邊叫著，像是歡迎室友回來那樣。

他不曉得，大概只有我聽過桂枝小時候，那隔在門邊，失望而低落的叫聲。

男友這天去了日本的哪裡，坐了什麼交通工具，通通拍照下來，傳給我看，就像是線上帶著我在旅行一樣。晚上他突然說，有空嗎？用通訊軟體打個電話吧。我正好要出門運動，走到捷運站後的公園，按下通話鍵，他才喂喂兩聲，我就相思病般地難過起來，他也急忙安慰。

他說：我不是還在嗎？

想起我身體裡的那個小孩，好像沒有長大似的，只是抹多了清涼鎮痛的藥，學會告訴自己，沒事的，我自己很好，於是乖乖地躲在我心裡許多年。這天他難得地出來見見世界的樣子了，呼吸一下新鮮空氣，認識一下電話那頭的新主人。

新主人醫生男友說：你突然來到我的生命裡，規畫旅行的當時，還不知道你的存在。

我安靜下來了，想著桂枝最近已經不把房子弄得亂七八糟了，是一隻成熟的貓。我不比桂枝是從小就被豢養的，對桂枝來說，我是他建構世界的方式。我是自己走進醫生男友的生命裡的，有的時候，要為了自己心裡那個曾經被在地上拖行的，孤獨的小孩負起責任吧。

我摸摸自己的脖子。

我想醫生男友，很快就會回來的。

十九 老相本

翻老相本時，看見年輕的男友和我一樣，戒指、領帶，我們都曾喜歡這些在某個年紀完全用不著的東西，希望東西拉著我們往前跑，但其實是自己帶著這些東西往前跑。我們急著長大，急著變成大人，迫不及待地把廉價品往自己身上掛，以為長大是這些東西的束縛感，以為長大是會閃閃發亮，以為長大是在正經八百之處用叛逆扯開點領帶標彰自我，套上戒指與自己綁定某個小到分子般卻能震毀宇宙的誓約。鏡子是用來現形的，如果想知道自己要變成什麼樣的大人，看看鏡子裡就明白了。

長大之後發現要變成「那樣的人」非常容易，拿出錢來，一切包裝就搞定了。我曾享受過那種轉瞬成長的快感，也享受過瞬間失落的快速。那是在第一份正式工作後拿到薪水往百貨公司跑的時刻，但也很快地就看透物質的意義，盯著那些曾經是一只八百九，變成一只八千九的機械表，大家都看手機的年代誰還戴表呢？是不是應該也要花掉半個月一個月的薪水，追逐一下科技的光速，成為某個品牌粉？

青春是膽子最大的時刻，為了反覆探問自己是誰，把那些全然不適宜的符碼披掛在自己身上而全然未知，想問問自己注目的他有沒有也發現我在人群中發亮。直至一路上丟棄那些毫無意義的飾品、刻意為之的髮型、丟棄不知為何的廉價襯衫和破牛仔褲、丟棄電光火石卻從來都停留在表面的愛情，丟得差不多了才發現時間是一面霧了的鏡子，生活是刷子不停打磨鏡面，最終照見自己不是當初想要的樣子，剩下的這些——普通的襯衫、沒有綴飾的直筒褲、乾淨的頭髮、戴了很多年的舒服的眼鏡——這些，才是自己僅僅能替平凡的自己綴飾的東西。

我們都曾太貪心，要得太多，儘管貪欲的只是枝微末節的事物，卻在一條領帶裡，看見我們替自己青春打的生澀的結，與臉多麼不相襯，多麼像尷尬的喉結，卡住某個時期的自己。

一時間拼圖一

有陣子我和大學同學們迷上了拼圖這件事：大家輪流按照自己的喜好買一盒拼圖，然後集合在一起，拿出抱枕、瑜伽墊，在地上趴成一圈，拆開盒子之後，時間就會像散落的圖塊，失去秩序和先後，等待組裝回原本的樣貌。

同學們都有相當的拼圖經驗，拆開盒子時就先把上千片圖塊依照色系分類方便檢索，接著就是緩慢的比對和搜尋工作。身為拼圖初心者的我第一次加入這個團體，同學就把另外分出來的拼圖邊框交給我。邊框的拼法非常簡單，只要搜尋圖塊左右兩邊的相連關係，不必顧慮前方缺失的圖塊和後頭空無一物的白邊，短時間內就能拼湊完成，替整片拼圖標出框架的X軸和Y軸，訂定風景的範圍。

這任務對新手來說容易又有學習價值，拼完邊框就能發現拼圖兩大原則：視覺上的圖色相連，以及觸覺上的圖塊嵌合手感。

視覺上的圖塊關係容易理解，人們依賴眼睛的程度每每超越其他四感的總和。但光是看是不夠的，有些圖塊看起來顏色相連，切邊凹凸的線條也看上去也是天生一對，一拼上去，觸覺就會告訴大腦這兩塊是不是真的屬於彼此；或只是惑於眼見的幻象，讓人產生概念上的嵌合錯覺。但有些拼圖不但騙過視覺，也蒙騙過精密的觸覺。最後只要拿起兩片拼圖觀察，就會發現：若不是崁得太過緊密，導致兩片拼圖擠壓變形，便是一拿起來就各自單飛，然後氣惱著剛剛選出了兩片貌合神離的圖塊，此時就得拆下錯誤的一塊，開始在形色相似而聯貫、宛如河川般連綿的拼圖串中一個一個找出錯誤的部分。其細心程度被程式設計師同學戲稱為「debug」——但凡一塊拼圖拼在不對的位置，它就是一隻bug，得耐心挑揀出來，否則會讓整片拼圖當機，跳出「崩潰報告」的視窗。

偏偏有許多時候，我們總是拼到最後才發現有一塊拼圖拼錯了，試圖回頭找出出錯的那一塊，這過程更花時間，令人崩潰。

我慶幸這並不是在替自己的人生debug，是的，它只是一張可玩、可不玩的拼圖。

我總想，一千片的拼圖，一塊拼錯了，頂多是檢查剩下的九百九十九塊。而人生可以這樣回過頭debug嗎，如果真要修正錯誤，要從流逝的河水中找出哪一滴錯誤的時間水露呢？

邊框完成後，同學把各自完成的圖塊往裡頭一放，愛麗絲夢遊仙境的畫面馬上跳了出來：愛麗絲掉進兔子洞，白兔先生著急地拿著懷表卻不知道該往哪走，整幅畫面的背景是笑得詭異的柴郡貓，表情像是藏了關鍵的潛臺詞。

最終我們把殘餘的圖塊拼上，一抬頭才發現，天已經黑了，而且是隔天的天黑。

時間被誰偷走了呢？

曾經一任男友非常喜歡看驚奇大冒險這個跨國闖關的實境節

目，他打定主意此生一定要參加一次，拿不拿冠軍無所謂，就只是享用製作單位提供的免費機票和經費，藉著錄製節目之名環遊世界。

「我們報名參加，你會英文所以當翻譯，你有駕照所以你開車。我們一起跑關。」

我又當翻譯，又開車，直到跑關才變成「我們」，我們的關係似乎是他任意黏合的一種物質。我心想製作單位一定是趕行程似的急著錄影收工回家，哪來的時間讓參賽者一邊闖關一邊自由行。只是看著他跟著電視裡的參賽者一起跳跳躦躦的，就把這些不中聽的摺起來，附和著他說：「好呀，一起去吧。」

唷呼！他歡呼著，像是在同色系的色塊堆裡終於找到缺口的那一塊拼圖。

有一年生日前夕，他特意請假要替我慶生，要我一定要空出時間。在市中心一家速食店地下樓層，他找了一張最大的桌，放了一盒拼圖和拼圖框。在我因為沒看見蛋糕跟禮物，還摸不著頭緒時，他就興奮地說：挑戰開始！

一般而言，拼圖盒子外都會印上完成的樣貌讓玩家參考。同學有的會按圖索驥，有的會把圖塊直接放到盒子上以圖搜圖。但他準備的拼圖盒上沒有圖案、說明、甚至連商品條碼和價錢也沒有的全部空白，一打開，果不其然，是一整盒空白的拼圖像切碎的雲一樣層疊在盒子裡靜置。

他催促著：趕快拼，限時兩個小時，我們還有下一關要跑唷。

為了這句「我們」，我試圖在一千片雲朵般的圖塊搜尋看起來切邊相符的就勉強湊合在一起，就算手指已經感受到兩塊拼圖傾軋著彼此也顧不了那麼多的硬擠強塞。兩個小時內我拼出一片凹凸不平的白色天空，還有許多兜不上的空隙，看起來就像危樓生了壁癌，油漆水泥斑駁掉落。在天空崩潰前我趕緊用壓克力裱框壓定，若非如此，很可能一個輕晃，整片拼圖就會完全解體。

「這是你的禮物，我要送這一片空白的拼圖給你，未來我們要一起畫上去。」他說。

我們坐捷運前往下個關卡，臺北一〇一，坐上高速電梯前往八十六樓的觀景臺。紀念品店、咖啡店、柔軟的藍尼布地毯，風吹得整棟大樓搖搖晃晃，阻尼器反向運作發出近似斷裂的低沉聲響。我懼高，不敢靠窗戶太近，他卻拉著我到窗邊說：那是信義國小、那是信義威秀、那是象山、那是我家。

其實我沒細看他說的地點，只是抱著手中的拼圖，一直想著將來有一天要在這塊凹凸不平的地方畫畫，屆時畫出來的，會是怎樣充滿縫隙的風景呢？

那天我第一次有了分手的念頭，念頭一起，關係就開始搖搖欲墜。直至我們分手，最後的託詞就是還沒到來的未來——我太心焦，而他事不關己。

那幅拼圖至今仍放在我的衣櫃裡，不敢掛上去，一來是全白的圖畫掛上去沒意義，也一定招惹父親母親的質詢。二來，我已經沒有勇氣面對這些圖塊，這些圖塊就像我和他的時間，勉強嵌合，變形得再也回不去原本的樣貌，也無法debug，拿起任何一片，三年的時光就會全部散落。再拼一次我是不願的，儘管朋友都說我們很登對，但我心裡明白，「我們」看起來是彼此的缺口：我寫字，他畫畫，我心思縝密，他樂天知命，而所有的形容都有負面意涵，反過來就變成擠壓彼此的扞格。那些說愛情是互補的其實是不成熟的責任互卸，誰都知道愛情多半是孤單寂寞，硬是擠壓在一起的兩片容易受擠壓變形的紙拼圖。

圖塊一開始就錯了，我和他，拼到最後才發現風景長得不是我們想像的那樣。

　　多年後我逛起拼圖店，看到角落一隅名家畫作不知怎地沒人動過，莫內《荷花池》一入我目光，就拋不掉了。帶了這幅到同學家，同學卻各個白眼以對，一是這幅畫難度太高，二是知道接下來一定會拼到脫窗，乾脆現在先做眼球運動。

我原想莫內的筆觸和色彩應該極易比對，很容易在原圖上找到對應的圖塊，但最後我們只勉強拼出了邊框和日本橋，卻拼不出底下蔓生的荷葉和花朵——那是莫內精心構圖布置的花園，他的晚年全都在和這些稍縱即逝的迷離色彩對抗。我總猜想，如果莫內知道百年後有人拿著他的作品當拼圖玩，他應該會說：這是我看待時間的方式，你應該去拼你自己的時間。

柴郡貓對愛麗絲說：你選哪條路都是一樣的，端看你要去哪裡，走得夠久，夠遠，就會到的。

一幅畫敘事的時間起點和終點，就靜止在這個平面上，不在尚未到來的未來，那預見的全貌只是幻象，眼中和手中互相嵌合的絕對感，才是當下的人生。

我放下迷濛的拼圖塊，看看同學們努力搜尋著顏色，他們會記得有個傻子只是因為圖畫太漂亮而買了這幅不可能完成的拼圖。而前男友他會記得，有個心焦的戀人急著跑關，努力拼完拼圖，最終卻到了他最討厭的動盪高樓，驚懼害怕著的每一刻，忘記俯瞰美麗的風景。

回家後我把那幅空白拼圖從衣櫃裡拿出來，拆下其中一塊，其餘的九百九十九塊奇蹟似的因為久壓變形而變得異常密實。儘管如此，我仍是把這一片勉強彼此的空白天空當垃圾丟掉了。

它是我生命中曾經固著的一段時間。

我暗暗決定，將來如果還有另一個人送我一幅拼圖，我會仔細檢索每一塊的色彩和形狀，慢慢嘗試線條的連貫和切割邊的密合，不勉強彼此地與他一起拼出整片風景，然後抬起頭，離開瑜珈墊和抱枕，迎接人生最美麗的夜。

二十 紙飛機

鑽想事情到谷底時，醫生男友傳來飯店照片，我看著他一路落腳住宿之處，商旅大半都長得一樣：一開門，狹長型的布局，看到底有個對外窗。門邊一側是衛浴，另一側是衣櫃衣架；一側是加大單人床，另一側是液晶螢幕。最後是堆放雜物的書桌。看到這邊不難想像日本人怎會發明膠囊旅館，這樣看似一隅空間的商旅其實令人動彈不得，只要一縮小，其實就是膠囊旅館了。

我不知道他為什麼總能適時傳來照片、標記位置、或是他正吃著的地方特產。上次他煮好咖哩，等我吃下去時，開玩笑說：我在裡面摻了衛星定位監視器喔！那時我以為是玩笑話，不過，他是醫生，會不會真的加了什麼膠囊內視鏡之類的東西在我吃掉的咖哩裡呢？

我們用視訊聊了很久的天，看著有整理癖好的他收行李，就像什麼日本建築改造王的建築師，把一整個屋子翻修得像迷宮機關一樣，四處都是暗箱暗櫃。他指著行李箱一大塊說：這些都是你的。所有土產彷彿代替我走了一遭日本。

我默默在記事本上寫下：

世界太小了
人都住在地球上
偷偷哭是不行的喔
遠方的他會收到紙飛機
會擔著你的心
到處旅行

今晚他的飛機就要降落，明天要上班，還要值班。我不知道他有沒有如他所說的，在異鄉裡突然感知並找回那些平時習慣太久的，遺忘的自己。

二二 一起唱歌

這是第一次和醫生男友唱歌，也是第一次和男友唱歌。

這個世界需要時間，工時，程序，預定的進度以及想像好的那些還沒發生的當下。我和醫生男友就在這些排程裡，盡力把所有時段區塊濃縮，像是重新整理磁碟般把所有事情排列壓縮在一起，才換得下班後一兩個小時一起用餐的時光。

「要一起唱歌嗎？」醫生男友說。我從晚餐的炒餅裡抬起頭，唱歌？

如果是朋友邀約，我可能二話不說馬上答應，到底在朋友面前不太需要形象，抓著麥克風獨自高歌獨自沉醉，或者和大家一起瘋癲，飆高音，聲音破了炸了都是朋友聽著，反正我不需和他們卿卿我我，被抓著弱點攻擊我也不在乎。但在我心裡，情人是另一種關係，或許我有李夫人情結，總想在對方心裡留下完美的形象，唱歌這般私密又耽溺的事情，適合在情人面前出現嗎？

「沒關係的，就像平常那樣就好。」

我跟著醫生男友進了ＫＴＶ，兩個人，平日的晚上服務生開給我們十人用的大包廂，大螢幕，大桌子，鈴鼓和沙鈴，僅僅只是我和醫生男友在裡頭握著麥克風，看起來有夠像有錢的暴發戶晚上睡不著，爬上自家三樓的視聽設備區狂歡唱歌。

都進了包廂了，不得不點歌了，我和他坐在螢幕前，整整把排行榜點了兩頁，插播我最喜歡在一開始唱的芭樂嗨歌。派對動物，東區東區，王妃，於是長大了以後，傷心的人別聽慢歌，歌名串一串，就像是看見我這個人的人生負片，消極悲傷，不想長大，只好流連東區派對，偷偷在心裡豢養著一個王妃。才幾首歌，就把電池耗盡，男友驚訝的看著我，拍手或歡呼附和幾聲，像是從沒看過我這樣。

我有時都會擔心自己在他心中是不是一個人格複雜又解離的人，一下子沉默，一下子搞笑，一下子話題毫無尺度，在和他獨處的時候浪漫得不可理喻，而這樣的人進了ＫＴＶ包廂居然都在飆高音，末了還來一首二姐的愛不對人，紅包場般油滑地拉長尾音討鼓掌、討歡呼、討紅包，閩南語的口氣，不是一朝一夕練來的，男友一聽就知道，我從小是聽閩南語歌長大的那一掛。

倒是醫生男友拚命唱著情歌，從星光幫到快樂幫，最新最近發片的某比賽出身的歌手都熟。喜歡他唱歌時投入的側臉，一首歌詞寫：等待一道陽光，照進愛情的天窗。他在歌裡輕輕皺眉，我在猜想他等到陽光了沒。

兩個人，三個小時，最後誰都沙啞。出了門口遇見一群大學生，等著同學，一邊笑鬧。青春本就該是如此浪費，而青春不覺青春，如同我們此刻一起走出KTV門外，才想起彼此都是過了三十的剛下班的社會人，而剛剛在包廂內，我們就是一對年輕的小情侶吧。

「接下來要越來越忙了。」醫生男友說，有業務，還有報告跟論文，時間將要越來越少了。醫生本就是個不斷精進專業的職業，每年花掉許多錢買書看書，每一種疾病都比人還像人，會進化，會思考似的，不斷推陳出新。人類所能做的似乎只是歸類、分析數據，在有限的知識中解決問題；其餘不能解決的，都只能心平氣和地將問題和自己不斷打磨，也許磨久了，就漸漸磨出一些可以稱之為智慧的拋光。

他是有智慧的人，在即將忙碌的前夕，壓出空閒，給予我這麼美好的當下。在唱那些深情而浪漫的歌，輕輕皺著眉時，我猜想他是不是也曾有好大一段時間，在愛情裡受傷失落，而年逾三十再也不能濫情的流淚，只能輕輕替自己的悲傷皺眉。所以特意在一串排行榜中，插播了一首〈不一樣〉。他終究等到了那不一樣的人了嗎？等到了透過天窗的陽光了嗎？

後來他偷偷跟我說：唱歌時的你是真正的你，不壓抑的，不隱忍的。

我想我們都在試著去愛一個完全的人。如果關係之中終究得以色事人，終將得嘗色衰愛弛的惡果；如果用金錢或物質買來關係，也得承受利盡而散的孤寂。以本色事人，不必然關係就會長久，但至少不至於失了原點。

因此，沒關係的，我們就像平常的自己，這樣就好。

三三 無關緊要

「每次和你在一起，覺得時間過得很快，同時也過得很慢。」男友說。

男友出國回來幾天後，他邀我到他家。多日不見，我們還是一如往常。約定時間到了，偷偷躲在他家附近，看著他為了尋找我而左顧右盼，微微心焦的樣子。午餐時，他在廚房裡準備好餐點，我擺起碗筷，花很多時間咀嚼，互相把對方喜歡的配菜夾到對方碗裡，把對方討厭的夾走。收拾餐桌，洗碗。他帶了許多當地的甜點回來，每一種我都嘗了一口，再小心翼翼地包裝起來，變成我的禮物。我們花很長時間擁抱，親吻，結束之後躺在床上聊天，開玩笑似的問起對方的地雷，然後故意扮演成對方最討厭的樣子。我最厭惡被迫做不喜歡的事情，他討厭別人嬌氣地無理取鬧得寸進尺，偏偏我就是那種獨立慣了的人，他也不愛改變別人什麼。這個遊戲到最後只能笑著說，我們都演不好彼此最討厭的樣子，看來此生做不成怨偶了。

窗外雲太多了，多到下起雨來了，房間裡陰陰暗暗的，都是雨聲和男歌手溫柔的英語歌聲。我站起身來，抱著男友搖晃跳舞。外頭雨越下越大，打著雷，這天本來安排了其他行程，但看樣子得暫緩了。「出不去了啊。」我說，這不是一句抱怨天氣的話，抱著他，寧願腳步被雨困住。

我在心裡想著，試著把這個當下凍結。

醫生男友拿出出國的各種票券，電車的、市區公車的、船票、景點參觀門票，他一個一個介紹著，帶我走一趟他走過的路。雨停了，才發現天黑了，我們梳洗準備出門，看著他更衣整髮的樣子，想著這是他經年累月習慣的整理自己儀容的方式。

原來你是這樣生活的啊，我想著，那些無關緊要的，未曾被我介入的生活習慣，像是格自紙箱伸出挖出的少女漫畫。

我們在店裡吃著非常大碗的日式拉麵，看著隔壁桌的日本客人點了大碗的拉麵又叫了一碗白飯，吃完麵，把白飯丟進湯裡稀哩呼嚕喝著。我們有一搭沒一搭的聊天，拿出手機玩最近下載的踩格子遊戲，像小朋友走人行道那樣只准自己踩格子不准踩線，自我設限有時是好玩的事情，在格子與格子之間，我們練習如何控制腳步，踏在自己覺得對的空白裡，站穩，觀察下一步在哪裡。

逛起超級市場，我們在酒櫃比較著各種酒的價錢和品類，在包裝軟糖零食之間被五顏六色的外型迷惑，他問著：那你喜歡吃這種日系軟糖還是歐系軟糖呢？喜歡吃雷根糖嗎？接著我們什麼也沒買，走出超級市場。醫生男友說：只有跟你在一起，我才有虛度光陰的充實感。

生活太緊繃了，每天早上工作開始時，我們最常說的話就是「你忙吧」或「我忙了喔」，有的時候一整天下來我們總是知道自己做了很多事情，卻不知道自己到底做了什麼事情。

而當我們在一起的時候，我都記得我們做了那些無關緊要的事情。這些無關緊要的，卻是我和他，最想珍藏的記憶。

二三 夜市

夜市是原始的，一個老闆，一輛攤車，一張桌，幾張椅，賣自己拿手的一件事。

夜市是繁複的，幾個老闆，幾輛攤車，幾張桌，幾張椅，看得出合縱連橫的銷售策略，坐在這攤吃炒麵，又點了隔壁攤的藥膳排骨。

夜市是毫不掩飾的，老闆討生活，客人討個東西吃，意圖昭昭，不掩飾了所以任何上門都熱情招待，最多最多就是：下次再來。

夜市是櫛次比鄰的，人與人坐在隔桌，允許成為彼此暫時的過客，你們談你們的天，我們談我們的戀愛，共桌而食，遞杓筷，衛生紙，允准彼此都在一碗湯裡找到各自的快樂，難得的食口*，不比家人差。

多年不曾逛夜市了，影展後跟男友覓食，穿梭赤峰街裡看著老舊房子改建成的咖啡館和工作室，最終發現我們都不愛勉強自己裝扮成有氣質的人，放棄高價咖啡輕食，走到寧夏夜市將逛起來。在夜市裡繞了一圈，他想吃豬血湯就走進棚子，穿過帶著嬰兒車的爸爸媽媽，坐在還留著上一組客人用餐後沾著醬油蔥蒜的鐵桌面，老闆娘收了收，送上氣味濃烈的豬血湯和炸臭豆腐。男友說，對嘛，豬血湯就是要加沙茶和韭菜啊。吃完這家沒有間隔沒有尷尬地直接換下一家燒麻糬，跟一對小情侶共桌。原本以為男友沒特別愛吃芋頭，想點花生燒麻糬加冰，最後在他勸說之下還是點了芋頭，往往復復的彼此說服。老闆等到不耐，在沒有下組客人的平日夜市，盯著滾沸糖水發呆。

就在「想讓對方開心」這件事情上，我和他都是硬脾氣的人。

我對夜市的印象一直停留在扎手免洗筷和綠色橘色塑膠餐碗、鐵湯匙的年代，店家會煞有其事把塑膠袋套在碗盤上，屆時換一組客人就把髒了的塑膠袋抽走，套上新的再盛裝，翻盤就像現在說的翻桌，一組客人候位等個五分鐘十分鐘馬上就入座了。許多店家發達了，開起店面，大家都要吹冷氣吃熱湯。只有夜市裡的小攤販還是會讓人忍不住快快吃，快快走。

年輕的時候我排斥在夜市裡約會，覺得大家速戰速決，沒時間聊天，沒時間好好看著彼此。但後來覺得乾淨整齊的戀愛太過矯情，大家衣冠整齊品味食物，這應該叫做偶像劇。我一邊吃著燒麻糬和芋頭，一邊看著醫生男友自己吃著煉乳冰，撥芋頭和麻糬給我，最後遞紙巾。醫生男友的手提包很神奇，什麼都有似的，紙手帕、溼紙巾、皮夾零錢包、雨傘、眼鏡盒、隱形眼鏡、隨時可以抽出時間來看的平板和醫學電子書。

有時我都在想，個子不高的他，怎麼肩負起這樣多的東西，一如他往常在愛情裡總是扮演照顧者的角色。

夜市裡雨下大了，攤商一個又一個抓起五百萬大傘，插在一張又一張的餐桌中，罩住底下所有用餐的人，人們抬頭看著五顏六色的傘布，對於權且有個安身之所，向老闆表示感謝。

我也替他撐起傘，讓他靠在我的身邊避雨。他並不排斥，說，這樣比較好，高的人撐傘比較有效率，矮的人撐傘沒有效率，還會一直扎到高的人。

我們走向捷運站，看著炸芋泥丸和蚵仔煎又大排長龍，名店圓仔湯一樣貴嚇人了，來客依常絡繹不絕都是外國人，胡椒蝦老闆送蝦子到客人桌上時還燒著火，一群人圍著小爐子剝起蝦殼夯吃像什麼邪教儀式。一路我們慢慢聊天，喜歡他貼在我身邊的感覺，像一隻小狐狸，不經意拉拉我的手，捏捏我的手指，用指腹壓壓我的掌心。

像很多細碎的情話，悄悄的，我的手都聽得見。

*在韓文中，「食口」（식구）指的是同住一個屋簷下，一起吃飯的人，也是指家人。

二四 切洋蔥

一顆洋蔥不切下去，是不會知道它有多辣的。

假日到醫生男友家開伙，行前他特意叮囑，人來就好，什麼東西都別帶。但我仍去了時常報到的建國花市挑花材，插好花，帶到他家去。一進門口放下花，我按照他平日的生活習慣，入門第一件事是擠洗手乳洗手，像手術室裡的規矩，生活是你要這樣尊重它，如同尊重一個微小細菌在人體上的可能。醫生男友從冰箱拿出食材，我就自動走到流理檯前問，現在我要做什麼呢？

切洋蔥跟青蔥吧。他說。

他本不想讓我動手，只想自己煮給我吃，看著我吃東西的模樣的。「你吃東西的時候，好吃難吃都寫在臉上。」他這樣說的時候，我想我就更有理由介入料理過程了。

一顆洋蔥要切成兩半，一半逆紋，一半順紋。逆紋的容易軟爛，用來煮味噌湯；順紋的保留口感，是放親子丼的。蔥要直刀劃出切細絲，五公分長，切好之後泡冰水，讓蔥自動捲起，直接放在飯上的。記得這兩個生熟食的刀具和砧板要分開，不然會汙染。你會不會覺得我是個囉嗦的人呢？他問。

入庖廚執刀執鑵，小學就開始做的事情，再熟悉不過，只是身為二廚擔心自己切不好大廚男友要的食材，下刀頻頻猶豫，拿著一顆洋蔥猶豫好久，醫生男友在一邊看著也擔心起來，你會切嗎？要不要我來就好呢？

我終於按下刀柄，剝除洋蔥外皮，切洋蔥時一股刺激，我是從頭到尾流著眼淚切完的。

科學家發現切洋蔥流淚的原因是切洋蔥時「釋放的蒜胺酸酶酵素，將胺基酸亞轉換成次磺酸。次磺酸再重組成SPSO，這個物質會讓眼睛產生刺痛的感覺，大腦趕緊下達指令以淚水洗去外來物質保護眼睛。」這一段落落長的文字，對我這種普通人來說，就是一連串的連鎖反應：切洋蔥產生A，A轉化B，B重組成C，C讓眼睛產生痛覺於是大腦下指令流淚。

在這短短不到幾秒內的時間就能流眼淚，讓人不得不想起以前那造作的挑戰十秒流淚的節目：參賽者錄影前紛紛醞釀情緒，就為了十秒內挖掘出最令自己難過的畫面，哭給大家看，換得一筆獎金。許多參賽者都在第十一秒才哭出來，令他們扼腕的跺地生氣；有些人想到悲傷的事情哭了出來，知道自己挑戰成功卻又馬上破涕為笑；有些人來打醬油者自始自終眼睛都是乾的，這還算實誠點；小朋友來參加的五秒內哭出來，到底傷心的事情太少，大概也只是想到自己在人潮洶湧裡迷路，跟家人失散。

到底洋蔥的眼淚比較真實一點？還是傷心的眼淚比較真實？傷心是可以控制的嗎？如果可以，那麼許多傷心都可以避免掉嗎？就像那些參賽者可以要自己故意去想難過的一件事，如果人可以一直想：那些難過的事情都不難過，會不會就不會一直哭泣呢？

我聽著醫生男友如醫囑般的叮嚀，一邊切洋蔥哭著，一邊卻對這種淚腺反應訕笑了起來——邊哭邊笑，聽說動物能夠辨識人類的表情判斷情緒。如果我養的貓看到我這種臉，一定很疑惑我此刻的心情吧。

醫生男友煎炒五花肉、洋蔥、加入水和高麗菜、豆腐，勻開味噌，在電鍋裡燉著豬肉味噌湯。另一頭起火，調和日式醬汁，煮雞肉親子丼。配菜是外頭買的毛豆和韓國泡菜，梅酒，茶。我忍不住拍照，看著相片對照著寫日記，想一想不用了，不需要的。

一直到現在我還是會想著，是我們個性合拍，還是我們已經都在各自的人生歷程中，磨練出一套與情人相處最能溝通又舒適的姿態才遇上彼此。我習慣著他的習慣，他也習慣著我的習慣，在同樣的生活空間裡我們各自分擔一點工作，就像是倆倆一組的小學生做報告，你寫內容我畫花邊裝飾。我似乎重新拾回了那遺忘在宇宙不知道哪個角落裡的歸屬感，這樣有空就合作著出一頓兩人飯桌的晚餐，以後，會不會是很常有的事情呢？

餐桌是最日常的一處，從料理到坐下來吃飯，從廚房的合作關係變成桌前的對話關係。我以前會說，我是一個不太喜歡和別人一起吃飯的人。但「不太喜歡」，有時是種躲避自己面對人際關係種種無力的藉口。真要找到人可以說話可以吃飯的，我很樂意，在面對醫生男友的時候，我可以聽他一直說著醫院裡雞毛蒜皮的雜感；他也總是會問我在哪裡寫了短短的，看起來心情並不美麗的句子是怎麼回事，需要給建議，還是需要順著毛摸就好呢？

醫生男友是第一個為我煮飯的男友，這餐我吃得很好，湯和丼都是煮過的洋蔥發出的熟甜味，飯畢在他面前賣弄似的說了一句「ごちそうさまでした」。*不知道他有沒有在我臉上判斷出好吃的表情，若沒有，一定是我洋蔥切壞了才讓料理不好吃的。

聽說，傷心時的淚水比切洋蔥時的淚水成分多了一些蛋白質，我猜那是不是曾經心碎掉的東西呢？而今天切洋蔥時還笑得出來，我猜想動物定是不了解這樣傷心快樂交雜的心情了，三十歲前那些曾經瘋狂喜愛卻破碎的一切，那些我們曾經各自在各自生命裡伸手強抓的卻扭曲散裂的心，那些A到B到C接踵而至以為青春最後只會剩下淚水的，此刻用豬肉味噌湯和親子丼彌補回來，能笑著跟醫生男友吃飯，是一件好事。

一顆洋蔥切下去時感到辣，煮到底才知道是甜的。

*ごちそうさまでした：謝謝招待。通常是在餐後客人對主人的謝詞。

3

物的宇宙

那移動事物的，就只是生活本身，不是歸納統整，不是界門綱目，共居在這屋子裡的人，彼此關係會孳乳繁衍，不斷轉注到各個事物裡。

生活中的每個物品，都充滿你與我的意義。

二五 甲溝炎

又來了，指甲的邊緣又捲進肉裡，每打一個字就隱痛一次，ㄅㄆㄇㄉㄊㄋ和符號字元的前導鍵，鍵盤左上半部的按鍵一按下去就痛，尤其是每每要打標點符號就要先敲的前導鍵，敲出全形逗號的同時，不只出現在電腦裡，疼痛也在我的心裡停了一停。

我止住手，看著左手無名指原是一小塊紅斑，到傍晚時分變成一小塊紅腫，返家後還發脹著。睡前與醫生男友的閒談時光，我拍下照片問他這玩意要怎麼處理。他看照片後說，還好，還不嚴重，嚴重一點要抹藥，再嚴重一點要切開甚至拔掉指甲，總之得看是哪種甲溝炎。觀察一下吧，有些病還不到時候去治。

幾天來的上班我仍敲鍵盤，一個逗號一個句號都在我手上而不在文件裡似的，再看著左手無名指已經腫得像被什麼神力超人捏過般的變形。與男友一起用餐時，他執起我的手看著，說：這應該還好，如果化膿了，我再幫你用針戳開膿包擠出，橫著插針進去比較容易觀察針頭扎到多深了，垂直進去反而不好測量距離。他耐心的示範著插針的角度，聽起來不像醫療行為，倒像是宮鬥戲裡的慎刑司。已是大權在握的熹貴妃甄嬛險些被毒害，下毒之人被逮到送進慎刑司，甄嬛一聽，說裡頭精奇嬤嬤把戲可多了，人被抓進去什麼實話都要吐出來。我有時猜想巫、刑、醫本是一家，關於那些身體受苦的歷史演變到現代有了科學根據，使用得當，就變成醫學，若不，可能就是新聞裡的一場鬧劇或悲劇。

這當中幾天到男友家，他拿醫療用的長型棉棒沾上優碘替甲溝炎的手指消毒，再換上另一隻棉棒抹上藥膏，用不到幾秒就塞進垃圾桶。棉棒可是拆全新的，我看了都覺得可惜，直想拿著那些抹過優碘抹過藥膏的拿來掏耳朵。他靜靜抹著藥膏，專心的，沒抬起頭，說，不行，這些都污染過了，不能用第二次了。

這些日子以來，我已經數不清有幾次，男友用他那雙手替我抹甲溝炎藥膏、抹痘痘藥，甚至按摩小腿、按脖子治落枕、挖耳朵等等等，不知道是他個性本就這樣木訥呢，還是因為是類治療行為所以得專業，不嬉鬧，這時候房間總是安靜一陣，我會聽見極其細微的聲響，他的呼吸和心跳，風掠過窗縫，住宅外的車子聲響。掏耳朵的時候我聽見耳裡沙沙聲，像深夜的收音機，聽眾都已經睡著，耳裡有小小顆粒的撫觸，比癢還要溫柔一點，還要舒服一點。

你耳朵是乾的，很乾淨，很好。

在耳裡沙沙聲響如電視斷訊的我險些睡著時，聽見這樣的一句話，然後轉過頭的另一側，臉就像嵌進他懷裡，讓他繼續掏著耳朵。

我的甲溝炎總是反覆發生在左手的無名指上，也不知道為什麼，這種疾病的成因是指甲和指頭外傷導致細菌入侵而感染。我想起男友看到我的手就說，指甲剪太短了啦，都戳到肉裡頭了。那時我心想，十隻指頭我都剪成一樣的，怎麼只有左手無名指總是發生甲溝炎？我仔細看著自己的無名指指甲，發現它本來就長得比其他指甲略歪，凹度略大，甲床內凹，所以只要一剪短，就比其他指甲還容易嵌進肉裡頭，致使我好多年來總是得這樣時時刻刻照顧它，在剪指甲的時候，都得留下一點餘地。

某天下班前跟男友抱怨，公務繁忙，身體困頓，以前念書的時候都不會這樣的。他第一句話說：因為年紀到了。以為這是吐槽，他補上一句：這樣我們就能一起變老，一直都年輕的話，就做不到這件事情了。

我想像著將來的那些時刻，生命中那些反覆發作的，基因裡帶來的痛症和炎症，男友將來會不會一直安靜地替我抹上藥膏，撫平傷口呢？我依稀記得那天他替我掏耳朵的時候，我聽見幾個呼吸聲不太一樣，從閉著的眼角餘光看見上方他的臉，有很低調而曖昧的微笑的樣子。

他其實也是，很浪漫的一個人吶。

奶凍捲

賣奶凍捲的冷藏貨車停在路邊，打開車門，一箱一箱用保冷盒裝著的奶凍捲開賣，零星路人上門帶了幾條走，小販倒也是不必賣力吆喝，只是有意無意地說參考看看，好像不擔心銷路似的例行開張。

我一直都記得起源於宜蘭的奶凍捲，十多年前第一家店開始販售，鄰近的烘培蛋糕店看準商機起而仿傚，交往的男友A在宜蘭讀書，我不時住在宜蘭，當年已經有兩三家賣著海綿蛋糕包裹奶油凍的甜點。而後雪隧開通，我往返宜蘭臺北的交通從火車變成客運，時間從一個半小時縮短為五十分鐘，旅遊美食節目也跟著隧道開鑿，透出那麼一點新鮮光芒。客運上人手一袋超薄牛舌餅、奶凍捲、金鑽鳳梨酥，餵養城裡愛吃貪吃的人，商業炒作不盡都是壞處，到底一手美食，送禮自用，甜了誰的嘴都是開心的。當年男友總在我將離開宜蘭返臺北時買一盒奶凍捲給我，擔心情人餓肚，擔心情人孤單，遂把愛戀灌進食物餵養。那時我的世界很新，新得所有事物都像是重要的發現，都值得一座獎座，每每吃到好吃的東西，興奮一陣，心中有一處被點亮，出現圖例，寫著奶凍捲三個大字。

我其實想不起來自己什麼時候不再喜歡這種奶油味，分手後，有很長一段時間我不想碰觸類似的甜點，毛巾蛋糕捲，瑞士捲，虎皮捲，水果捲，生乳捲，似乎刻意迴避當年被自己拋棄的愛情，那份負欠的感覺。後來交往新男友時，這些事物就不再出現在腦海裡，地圖上有許多曾經亮過的地方，一些放大的字體，而後就日漸暗淡，一眼掃視過去，成為被忽略的名字和地標。

人生好像是這樣的，當年以為忘不掉的，像是歷史上重大發現的，而後都有可能在關係的嬗遞裡，漸漸變得不是那麼重要。

和他分手後的兩年多，一次遇上了非常傷心的事情，無人可說，翻找電話簿卻發現自己並沒有刪掉他的電話，於是傳了簡訊過去，半小時候他回訊，說自己正在應酬，但結束了會來找我。我坐在速食店裡恍神到天黑，身旁不知道換了幾桌客人，直至他打電話來，已經是晚上九點。下樓時找不著他的車，他放下副駕駛座的車窗，我很自動地打開門，就像以往那總是我的位置般坐在副駕駛座上，放心地哭著。

那個時刻，我突然發現自己是多封閉的人，一個沒有出口的人。

他也沒問我發生什麼事情，只是在一旁等我哭完，說沒事了，他從後座拿了一盒東西給我。說，以後如果還有什麼事情，打電話給我。

至今我已經想不起來那一盒東西是什麼了，是奶凍捲嗎？還是薄片牛舌餅？或是鳳梨酥？包裝袋是我再熟悉不過的宜蘭那家烘培坊的大紅色袋子，提把的膠條寬得難拿又割手。我甚至不記得自己是不是打開吃了？或者被我放在某個角落，被父親或母親拿去當零食吃了。

我只記得自己沒有告訴他如此傷心的理由，是因為發現自己被當時交往對象背叛，那一份從地層裡翻湧而出的不值，彷彿當年我和他走到盡頭，彼此都以為自己能夠迎接新人生了，卻想不到是這樣橋崩路壞的場面。他只是靜靜看著我，不問理由，知道問了沒用，我不善說，他不善聽，從來都欠缺溝通的兩人，連最後一份溫柔都是無法動用任何語言文字的。只記得車子裡有汽車芳香劑的濃重香味，但還是壓不過他應酬後的酒味。

此刻我看著小冷藏車有顧客三三兩兩上門，慢慢選購，老闆也是漫不經心地喊著，蛋糕捲喔。我不刻意閃躲，也不上前觀看，想起某一段記憶，諸多細節都已經佚失，只覺得人比自己想像得還要善忘。也許人腦會自動判斷自己需不需要這些記憶，並掩埋不需要的垃圾。只是判斷需要跟不需要的標準是什麼，或許永遠不要知道，等到想起自己再也記不得的時候，意義就會突然出現

——那一盒不知道是什麼的甜食，已經被時間掩埋、腐爛，變成抽象的代號，長出一棵樹，變成一片風景，細細描繪著當年的自己多麼飢餓，需要不問理由的無私的愛餵養著，才得以填滿記憶垃圾山裡，巨大的坑洞，巨大的匱缺。

二六 找房子

我們兩次搬家，兩次都為此列出表格。

或許是我倆都太過謹慎，又重視溝通，與其惶惶無措地看過房子又忘記，最後胡亂決定印象中的那間，不如提早列好表格，確認彼此的需求，一次看完所有房屋，再像實境節目裡的評審老師一樣，兩個人坐下來，或討論，或激辯，或者在彼此的想法中爭取分數，最後加權排序，名次一翻兩瞪眼，立刻撥通電話給第一名的屋子屋主決定承租。

表格中有數種資訊：屋主／仲介姓名、租賃處地址、租金、樓層、車位、家具、屋況。前幾項都是清楚明白的答案，只有最後一項，概括了屋齡、建材和前人生活過的痕跡，很簡單也很模糊的用「屋況」兩個字帶過。

對租屋者來說，屋況或許不是最重要的選項，到底房子轉手不知道幾人住過，自己也是其中短暫的過客，屋況再差，忍幾年就過；屋況變差，到底也有自己的痕跡，下一個住者，也會對著我住過的地方品評一番，忍受幾年。

但對我來說，屋況二字莫名的有誘惑力：時間裡的細節，像父親的後車廂，母親的梳妝臺。

我仔細檢查著廚房抽油煙機的集油匣和油網的油垢顏色、浴室馬桶後方溼潤如苔蘚的水垢髒污厚度與種類，或是用手指摳抹一層床板底下的灰塵，細細觀察積髮的長短、顏色和數量，推測前一個居住者的生活習慣。房仲和房東不知道我怎都著眼於不重要的小處，該注意的應該是地點、坪數、公設、車位、座向和採光呀？但我卻在心裡盤算，如果廚房累積少量油垢，瓦斯爐下方細微處卡了波浪狀的焦化食物殘渣，磁磚上有細微沒擦淨如噴霧狀的油漬。瓦斯爐兩個爐座，靠窗者還能正常使用，靠水槽流理臺的卻總是點不起火來，習慣用這側爐座的他，或她，烹飪的量應該不大，最常煮泡麵水餃果腹，所以總是散落麵屑蛋殼而不自知的消夜族、夜食族，或許還常常煎雞蛋。

也有一種房子是全新落成的建案，看屋時，牆上的粉刷漆還有化學味，家具上都還覆著一層塑膠膜，水槽裡有裝潢工人清洗的木屑、漆屑和水泥屑，有時甚至有遺落的工作手套。如果租了，我就是這屋子的第一位過客，留下足印和指紋。像一本新的書，一臺新車、一本新的筆記本，全然地擁有卻讓我感到害怕，像跟一個完全沒有戀愛經驗的人交往，我將在他記憶的起始頁留下字跡，當他提及愛情，難免就會翻開這一頁，他會參酌？還是悔恨？又或是感到甜蜜？似乎與我無關，又全然與我有關。

還有一種房子是留下太多痕跡，顯然地擺在各處，玄關鞋櫃下的六七雙室內拖鞋，客廳桌上的漆金雕花燭臺，以及用了一半，漥了一半的太妃糖香氛蠟燭，燭芯灰黑地站在那裡，看著進屋看房的來往人們。房仲不停說這個屋主是因為家庭關係暫時出國幾年，房子不能空著無人照料，牆上數十張家族合照都裱著框，排成愛心形狀，屋主與父母去新加坡與魚尾獅比肩合照，與丈夫在布拉格的天文鐘下牽手合影，或是一個人到了布宜諾斯艾利斯的雅典人書店閱讀，與姐妹們不知在何處的小酒館裡吃著火雞大餐。處處，彷彿島國臺灣只是她人生中的一個轉運站，在這裡寄放著她旅途中每一部分每一部分的免稅紀念品。

真的要跟這些人的過去相處嗎？

或者我該問的是，真的要跟另一個人的過去、現在，甚至未來相處了嗎？

第一次決心搬出家門，決定跟男友一起住時，是很掙扎的。畢竟搬出去了，我要為自己負起全責了，沒有什麼原生家庭傷痕記憶可以牽拖了。同時也要替兩個人負責了，我們要接受彼此完整的模樣了，不再只是談談戀愛刻意為之的聰明剔透樣。彷彿我在跟自己說：嘿，要收拾玩心了，要負起責任了。我曾經一個人住的時候，只需要一個紙袋的換洗衣物、茶具、生活用品，就展開生活。對物質的意義看透，總覺得這世界除了自己之外，什麼都可以捨棄。

搬家的當天我沒有跟母親坦言，只是悄悄地收拾行李，默默搬家。杯子、衣褲、書本，本想再帶點什麼生活用品，但發現自己背包太小，需要的也太少。父親母親乍然聽到我要搬家的消息，強抑自己滿懷疑問而轉化的怒氣，輕聲細語但悲傷不過地強問著：為什麼要搬家呢？這裡住得好好的幹嘛搬？

我默不作聲，最後只想到一句話，說：想要自己的人生。

驟聞此言，父親在客廳裡暴跳如雷，母親回房哭泣，像是遭逢背叛似地發著各種脾氣。我自己在房間裡收拾這些東西，一邊怨懟他們，一邊又生氣自己的無知，許多事情處理起來毛毛躁躁的，像狗啃的紅色喜慶剪紙，其實若早可以和他們溝通，盡些告知的義務，或許今天不是這樣的場面。但最終出了家門，心裡還是斷然只想了一件事情：那些我所討厭的，家裡不愉快的氣氛，或是總用負面陳述方式溝通的交談模式，什麼原生家庭、童年創傷，通通塞回書本裡、記憶裡，千千萬萬不要帶到新家去，也別帶到新的關係裡。

人生裡的東西終究太多了，看得見的堆累成倉，看不見的牽牽扯扯。搬家之後，我不嫌麻煩地把笨重又繁多行李一樣一樣各自歸位，而開始生活之後勤於打掃甚於住在舊家中的懶散成習。我分辨不出到底是因為收拾殘局的麻煩程度遠遠超過重啟新局，還是因為重新開始時，那樣樣簇新的氛圍和悸動，會讓人忘記，其實要歸零重來也是非常困難的。我只記得，自己每每在心裡暗暗種了一些想法，默默生長，最終冒出頭來的，通常是讓人天翻地覆的決定。

三搬當一燒，從小到大因為讀書服役，搬過太多次家，每每一搬，都要把整間房子都燒過一次似的清理，至終覺得若生命可以少掉一些東西，就像少掉過去，是不是會讓人比較孑然潔淨，每每看見自己買了什麼，存了什麼，或收了什麼，不免嫌惡著自己當初何必。

曾經，我也是很懶得跟自己的過去相處的人。

把東西搬進屋時，看著小櫥櫃上的碗盤，冰箱裡的食物，電視櫃的機上盒和電視遊樂器，衣櫃裡彼此的衣物，玄關置物盒裡有兩份鑰匙、零錢、便條紙。舊日時光燒掉一些，但燒不掉全部，光是冰箱裡的醬油膏和雞蛋，電鍋裡蒸蒸的米飯，就想起母親總在消夜時分端來的油膏煎蛋配白飯。打掃後的飢餓侵襲，忍不住用電晶爐開火料理，打開抽油煙機吸走油煙，吸不走整個房子氤氳蓬蓬的記憶，吃了兩碗，水槽裡堆著油膩的餐具，殘餘我與哥哥誰都不想洗碗的童年。

這樣才像生活的痕跡，不是很棒嗎？男友說。

有個下午他替我洗衣服晾衣服，我出去的時候，他傳訊息來：今天太陽太好了，衣服一下子就乾了。

我想像得到那些衣物捧在他手裡，蒸蒸地發出太陽和洗衣精的味道，蓬鬆得像一隻睡著的小狗。是呀，是很棒的，我捨棄一切意義，但其實什麼也沒丟掉，我和他各自帶著過去來了，安置在這裡，今天又看見這些想拋拋不掉的事物，重新建構起我的意義。

他只是靜靜看著我，不問理由，知道問了沒用，
我不善說，他不善聽，從來都欠缺溝通的兩人，
連最後一份溫柔都是無法動用任何語言文字的。

二七 自助餐

搬家獨立生活後，開始有記帳的習慣了。當我拉開試算表，條列出生活所需：房租、水電、通勤、網路通話這些固定的支出、固定存款，用收入去扣，剩下一萬元上下的金額——這些，是被量化了的浮動的慾望。

平均下來，自己給自己一天三百元伙食費，三百元預算似乎很多，但得度忖著用，剩下的才是零花。三百元一天三餐，早餐用男友和我的兩人共出的公費買優格麵包水果帶過；午餐如果沒有特別理由，就只往自助餐店跑；晚餐變數較大，有時和男友一起用餐，他若忙時我就自己隨意打發。以往買東西只看熱量，現在則多了一個價格表，光是單單去超級市場想買一罐米漿填肚子，就開始思考養分和價錢的性價比，一元的差別不只是路邊隨意能撿拾的貨幣，有時是幾微克的維生素的差別，幾毫升幾分飽的精準差距。

公司附近的自助餐廳每到中午就排滿了用餐的上班族，隊伍一路從店內延伸到店外，每個人拿著餐盤，面無表情的站在那裡等候領取自己的一份餐。也是到了自助餐店才知道種類繁盛和千篇一律這兩個成語並不抗拮，菜色種類豐富，但日日見著同一格鐵盤上千篇一律擺著同樣的菜，放芥藍的，放滷蛋豆腐的，炸雞腿排排橫列，豆芽菜永遠都在最後一格，炒紅蘿蔔永遠乏人問津；而幫忙夾菜的阿姨再熱情的招呼，上門的客人一樣冷淡地選著，一點也不理會，日日淡淡，工作就是拿想像生活的熱臉貼現實這個冷屁股。

於是自助餐店就成為了錙銖必較者最平淡卻最重要的戰場，近四十樣的菜色鐵盤格先自動遮罩一半：貴的主菜、會發胖的炸物和勾芡、不健康的高油高鹽高糖分。剩下的二十餘種就成為組織餐盒的試題，要營養均衡，要五色蔬果，要美味價廉，於是每挑一樣菜，就像在替自己的戰鬥怪獸組隊：蛋白質一類，深色蔬菜一類，淺色蔬菜一類，他色蔬菜一類，最好再加上帶點鹹味下飯的一類，於是滷蛋菠菜蘿蔔辣炒豆干，於是豆腐芥菜花椰百菇燴，於是豪華一點的滷腱子肉炒高麗菜絲瓜玉米筍，偶爾自傷身體又傷荷包的舀一匙醃漬物雪裡紅，而白飯永遠都是一半的分量，半飽人生，想著似乎一輩子再也不會也沒必要走進吃到飽的店裡，也或許哪天驚起回首，走進饗食天堂沾染一下年輕氣，格天下食物，窮肚腹之理，吃了生菜沙拉喝一罐酒，留下買路財，換一條身心輕盈的回家的路。

錙銖必較，此刻我也得替自己打起別人見不著的，下半場人生的算盤。自助餐之所以稱為自助餐，大抵就是純然得剩下自己與餐之間的關係了，口腹、現實，欲望與節制的權衡，都是自己的抉擇。

於是當我記錄午餐的費用，永遠都在思辯五十和六十元之間，十元的差別我多買到什麼，或是多浪費了什麼，難免懊悔著在自助餐店裡，因為夾菜阿姨的慫恿，多夾了宮保雞丁，滿足一口飯，一口裹芡雞塊，一口香辣宮保間，令人難以忘懷的脂味和燒過的糖醬鑊氣，卻多了幾分脂肪，幾分致癌物，少了十元的存款，或是約會的費用。試算表上少了的十元，也足以證明，我曾因為那一口絕妙滋味，向欲望繳械，像貓一樣伸出蹼爪，探探日日淡淡生活的沙發底下，陰暗中，有沒有一兩顆藏著的美味貓乾乾。

二八 洗碗

小時候不愛打掃，不愛洗碗和收拾，是聽著母親吩咐，為了討稱讚才做家事。其實我知道自己一向喜歡創造和追求，喜歡做菜、在紙上畫室內設計圖、沒有積木而用麻將築起自己的城堡。長大時更愛下廚了，從構思菜單到挑選食材，再到完成菜餚，種種過程都是夢想和現實的妥協，腦袋裡擘劃的美味，總和自己廚藝和有限的食材協商，最後完成成品，自己回頭當自己的讀者和評審，下廚的快樂到此為止，而洗碗就像是一件尾大不掉的事情，隨著碗盤在水槽裡擱淺泛油，起了油耗味。

誰喜歡洗碗呢，有人替自己洗就好了，或者有一臺洗碗機也不錯。一次經過家電用品區時，男友指著好幾樣家電，自動掃地機、無葉片電扇、洗碗機，頻頻說著，這個是我的人生目標，那個是我的人生目標。其實我懂的，在那個全自動化的器物背後，男友想要的不只是家的模樣，除此之外，是一份支配人生的餘裕。

男友工作忙碌，醫療工作環境讓他並不因為比別人高薪而感到滿意，醫療業不知何時開始變相成為長工時的服務業，或與健保政策、病人療程與自己的專業認知之間，變成詭異的三角關係。我每每聽見他下班返回住處，如果不是累到直接躺下睡著，就是得釜底抽薪地看書精進專業。如果僥倖剩下一點時間，他才能在廚房下廚。我每每在旁看著，想到那是他唯一一個像魔術師般，從無到有的創作時光。在他身邊，我不做菜，不主導，只幫忙和洗碗。平日我寫字慣了，在字裡都是我的說法；平常生活就讓他說了算，讓他料理，讓他從醫院離開後，在自己的世界裡拾回一些自由揮灑的餘地，所以當當助手，洗碗收拾，仍是開心的。

洗碗的第一個步驟不是打開水龍頭嘩啦嘩啦的沖水，而是得把碗盤匙筷妥善分類，弄清數量和種類，心底盤算洗碗流程，並在窄小的洗碗槽裡空出一塊工作區域，才能在沖水的時候不因水流擊中碗盤邊角四處飛濺。接著打溼碗盤，在菜瓜布上擠上清潔劑搓揉起泡，由大至小仔細抹上餐具的每一角，讓皂化物的親水端和親油端緊揪著彼此不再壁壘分明，直到替筷子湯匙抹上泡泡時，大型餐盤碗碟早已經化學作用完畢，此時才打開水龍頭沖水沖洗。

一切時機正好，沒有誰快，沒有誰慢，每一個東西適得其所地站到正確的位置。

洗碗的時候切記別戴手套，手的感覺是最準確的，泛稱為觸覺的感官尤以皮膚感覺最為靈敏，各種觸體、末梢，在手指滑動時感知著難以計量的壓力、位置和震動，油水減緩了摩擦力，洗去之後才摸得出碗盤自己的樣子。我喜歡手指在乾淨的碗盤上蹭出聲音，放回碗架瀝水，接著擦拭流理臺和爐邊的磁磚油汙，清理洗碗槽和濾網，洗抹布，洗手，在水槽旁晾開抹布，一切嶄新，乾淨是一種期待，我們還有機會弄髒，然後再度收拾乾淨。

每次做起這些機械性的動作，就像念經一樣，跑步，書法，洗碗，晾衣服，每一回專注在我如何做好這件小事的當下，就把自己心思抽空了，那些觸覺神經帶領我，形塑我，成為一個又一個的餐具，感知身上何處的油垢和食物殘渣，感知清水帶走泡沫，我還原成我誕生的樣子。

我有時感到焦慮，那些記憶和悲傷的事情從沒從我的腦裡消失，我想起《愛，讓悲傷終結》（Rabbit Hole）裡也有過喪子之痛的母親對女兒這麼說：後來你會比較能承受那個悲傷，並把悲傷當成磚頭放在口袋裡，你會忘記它，但有一天會不小心又碰到它，「噢，原來它在這」，這讓人難以承受，卻也不會時時刻刻都那樣，它也不會消失。但這樣，其實也滿好的。

那是曾經悲傷的證據，不管跨越了沒，總之是過來了的證明。

我知道我們都不像十幾二十歲的自己那樣可以說愛就愛，說想要就想要了。人生中有許多追求是重要的，下半場的人生，收拾是更重要的，尤其是走過那些曾經，不小心把悲傷當成一小塊寶石放在口袋裡的現在。當我每洗好一個碗，確認油汙不復，而碗盤光潔如新，空無才有承裝下一次豐穫的空間。我每每看著男友在廚房裡實現自己，把自己的想像盛裝在碗盤裡，而我洗碗時就像摸著那些寶石，想著，我收拾好你們了，也因為你們，我才看得見現在的自己擁有什麼。

當他指著洗碗機說那是人生目標時，我很想跟他說，沒關係，碗我來洗就好。

二九　加一元多一件

住處巷口有一家綠色招牌藥妝店，每次經過都難免被堆滿人行磚道的商品和花招百出的促銷手段拖住腳步：保證自己最便宜、此店獨家的特殊優惠、消費後還可以加價購看似贈品的小罐裝東西，以及，最讓我起疑竇的：加一元多一件。

明眼人分明看穿蝕本生意沒人做，定價訂得高了，售價愛怎麼砍就怎麼砍。心裡盤算著一罐抗痘潔顏慕斯定價兩百三十九，加一元得兩罐，盤算下來只比網路通販便宜幾十元，我得洗著同樣的慕斯洗上個把月嗎？到時我還長著尷尬的痘痘嗎？會不會將來有一天我就不需要這樣的慕絲了？如同宣告我的青春期的完結不再續篇。

我幾次被拉去逛美式大賣場的時候感到悲傷，人們一落一落的拿著糧食、用品，他們怎麼知道自己將來有一天不會吃膩同一款的洋芋片？不會因為突然某天要減肥了，拋棄一桶任性而為的美國冰淇淋？會不會因為聞膩了同一款沐浴乳的味道，把剩下五罐的沐浴乳全拿來洗車了？而想著和情人一起喝的紅酒，最後會不會變成夜裡獨啜的鬱悶？

能一次買這麼多是因為有錢嗎？還是對未來太有信心？有信心得讓他們可以盤算未來如同大賣場價目表上的貼心計算：衛生紙一百一十抽二十四包三百五十九元，一抽零點一三元，一元得九抽，一個家庭一天的衛生紙錢花不到五元，遠方有樹正在倒，冰正在融，一個綠洲變沙漠，有一個島國正在消失，海水淹不到賣場和這個手推車裝滿貨物的家庭，他們正吹著冷呼呼的空調，喀滋喀滋地吃著大包裝洋芋片。

生活的傾覆不只和海水倒灌或是政府政策有關吧，意外的定義就是突然發生了，猝不及防地強迫自己放棄現有的一切，這樣的意外不只包括生命發生危險，有時在人我之間，一個眼神游移，就知道意外已經發生了。

公費放在客廳桌下的小盒子裡，用完了再補。儘管是他和我都可以取用的公費，但總是由我管理著，買食物和生活雜物，水果和麵包。每每出門我總是不太敢預買太多相同的東西，七顆一百的蘋果看起來很便宜，但誰也不知道我們到底能否趕在它們爛熟前吃掉。因此拿出小盒子，只敢拿少少的錢，買兩天內的未來。而看著男友時，說不得什麼情長綿遠，天高地闊的話了，每天醒來，我都要在枕邊確定一下：今天是新的一天，今天的他是一個新的他，我要好好的和今天的他相處。

世事總在變易，唯有此一事不易。也許這是我對此生最悲傷也最極致的了解。每一次浪潮湧起，腳邊的沙子就不會是同一顆了，而我能拾得一個瓶蓋，一個美麗的貝殼，或者發現站在我身旁的他，都是難得的幸運。

有一天男友丟了五百元公費進小盒子，我說會不會太多？他說不會呀，反正缺什麼就拿去買吧。過幾天他又補了五百進去，確信著我會好好用這筆錢似的，能把每一元都用得徹底而不浪費。

石器時代的陶罐證明人類有儲物習慣，也證明人類有想像未來的能力。時至今日陶罐變成了我們共居的一隅房室，一個公費盒子，裝著男友對我的想像，也裝著我對人生有那麼一點點悲觀的想望，各種儲物的瓶罐，會滿，也會空。

也是到了此刻才稍稍能接受，加一元多一件，一開始聽起來像高明的騙術，現在也許是在權衡著要不要撿拾那些像貝殼一般的小幸運，想像未來，還有用得到這些幸運的日子。

—紅茶與紅包—

冰櫃裡的鋁箔包裝飲料越來越少了，罐裝飲料盤據冰箱大幅版面，酒品鮮乳都占有一席之地，連巧克力棒都用吸盤架擺放。不允許貧窮的都市，便利商店也得精簡再精簡，店面狹仄再狹仄，商品只擺銷路好的，利潤高的，貨架上先被犧牲掉的，就是賣少賺少的鋁箔包飲料。如果口袋只剩十元，走進便利商店只能影印、吃茶葉蛋，或買十元的關東煮，占據用餐區，喝關東煮湯配醬包，勉勉強強撐起一個人的姿態。

誰還會拿十元的鋁箔包紅茶呢？隔壁櫃裡就冰著六百毫升的寶特瓶，近年還流行起近一公升的磚頭大包裝，似乎頻頻暗示冰櫃前的顧客，你得把飲料當水，大口牛飲，補充流失的水分，戰勝體脂肪，回甘就像現泡。

稚嫩的年紀，我惑於文案而猶豫不決，面對扭曲的符號，下不了手選購；身旁的Y就會打開門，拿出十元的鋁箔包紅茶，像找到稀世珍寶一樣開心顯擺著，指著頂端一排「多50CC免費送你」的字樣，彷彿用眼神說著「真是賺到了」這一句潛臺詞。

或許信者如他，才容易在說詞裡獲得滿足，我是不信的異教徒，在符號裡奢求真相。

他扛著學貸，皮夾總是放不到兩百塊。零錢消耗得比鈔票快，但比起一般人還是很慢。他不在便利商店裡提款，堅持找到郵局提款機，才能從三位數的戶頭領出百元零鈔。他會在便利商店裡逛兩圈，看看新奇的玩意，最後只拿一罐鋁箔包紅茶結帳。一個鋁箔包普通人兩口就喝光，他約莫能喝上一個小時，這麼長的時間，只見他用舌頭反覆控制，淺褐色的液體在吸管裡上上下下，啜飲，像他的親吻——

課後的傍晚無事可做，我們在西晒成一片橘黃的租屋處擁抱，他的吻淺淺的，羞澀的，仔細控制熱情，一口一口啜著，還因為緊張哆嗦著，發出輕微的磨牙聲響。

那裡是偏遠的郊區大學，街道淒清，除了學生與少數當地居民，鮮有外地人經過。嗅到這種荒涼氣，當地人即便有房有地也不願開一家餐廳，只是改建套房收租金。他住的就是那樣冰櫃般的房子：樓的中央是樓梯，出了樓梯的平方米是共用的廚房和飲水機，最外一圈隔成數間套房，一層住了六、七人。樓裡三四十人同校不同系，上下課出了房又關進房，各自擱置。混入我這樣一個他校學生，久住下來，也不曾有人起疑。入夜後大家騎車到鎮上用餐，我們才從繾綣裡起身，沒有交通工具的他帶著我徒步走在街上，看著幾個罕見店家燈光亮晃晃的，伴著趨光的蚊子和大水螞蟻，卻一間間略過，走到便利商店覓食。

我們的晚餐常是飯糰配紅茶，洋芋片配紅茶，偶爾廚房開伙煮泡麵，一樣配紅茶。那並不是我習慣的餐點，只是交往久了，就知道他和我度量事物的單位並不相同，就像冰箱裡的鋁箔包和寶特瓶的容量，啜飲與牛飲的心態差異。我自以為是的遷就，吃著不習慣的加工食品，避免在他面前不經意地擺了闊。但他看見了我對超商食物的厭棄，只說，沒關係，你可以吃你想吃的。

但其實我沒傷到誰的自尊心，我傷害的，僅只是我想像中的他。讓他不得不偶爾在節日裡，走進便利商店大肆購物。說是放肆，其實他僅是多拿了巧克力球、點心麵，但也讓我終於敢放膽拿起大罐裝的無糖綠茶和數樣進口零食結帳，難得在櫃臺因為結帳商品變多而多停留的時間裡，他對此般奢侈，一邊皺眉，一邊讚嘆。對他而言，好多想吃卻沒吃過的東西擺在桌上；對我而言，卻僅只是透氣般的消費行為。

交往最後一年，他和我分別入伍服役，已不連絡許久。他生日即將到來，恍然想起有這應該掛記在心上的日子，卻被我遺忘了。我坐在服勤處所宿舍電腦前，猶豫著是否該送禮物，該送什麼禮物？點開購物網頁，想起他喜歡像紅包袋、清潔劑等撲面香味的東西，挑了個室內擴香竹套組，下單，查看運送進度，來不及在生日前送達。他生日當大我們一起用餐，向他抱歉解釋貨運速度不知道怎麼搞的，慢了好幾天，這禮物是我事先就挑好的。他說沒關係。

我們最後一次見面是在過年前，他自年貨大街打工後回來，渾身疲憊但仍撐起一臉微笑。我把遲來數月的生日禮物送他，他也給了我三個紅包，只說其中一個是威力彩，其他要我回家拆看。

印象中一次經過彩券行，正是開獎直播的八點，開過幾次頭彩的券商店裡擠滿兌獎的人。他湊起熱鬧，盯著電視直播，彩球在模型裡飄轉，俄而彩球被吸出、滾落，有一些人的希望被篩掉，一些人留了下來。「就像看到千萬人之中，有個人慢慢從中升起，拿著那張數字全對的彩券，驕傲大喊：我中獎啦，的樣子。」他說。他其實不買彩券，只是看見這群人時而光彩，時而黯淡的臉，覺得非常有趣。

但我終究沒有像他說的那樣，在希望的彩球堆中篩選後，從人群裡升起，變成唯一的那一個，倒是我們在彼此的舞臺中漸次黯淡下去。

我又拆開其中一個紅包，是張卡片，寫著：不知道要送你什麼，不如幫你買個希望，中獎之後，讓你買到你的希望。

或許在他心裡，大部分的人都像這樣得用大罐裝的希望，灌養那難以填平的深淵。而在他心中，我或許也是這樣的人，難以取悅，對什麼都容易不滿。

打開最後一個紅包袋，香味撲上臉來，是張百元鈔票，是他站收銀臺，或在遊樂園區門口驗票，打工一小時的薪水，能買十罐鋁箔包紅茶，小口啜飲好些日子。原來包裝紅茶能和啜飲這個動詞連綴在一起，我不是不知道，只是忘記了。小時候我也曾是拿著一週一百元的零用錢，買了飛機餅乾、口紅糖、西瓜冰棒、橘子汽水，在嘴裡反覆咀嚼吸吮，直到口腔黏滯，出現蛀牙的預感，還不願捨棄那些包裝上、手指上殘存的糖分、香料、檸檬酸，反覆吮舔如親吻，如果蠅醚倒在過熟的落果裡爛醉。

愛情是熟果，年輕的我們是聞香而來的果蠅，體質易醉，抵禦不了酒精，泡在裡頭和幻覺黏著，一起分解也甘之如飴。彷彿就在等誰從宿醉裡乍醒，看見腐爛的本質。

想起這件事情，眼前恍然可見他總用著卡通般的臉跟我說，你看多划算，多50CC可以多喝好幾口。站在寒冷的便利商店裡，我看見冰櫃裡隔著霧濛濛玻璃的鋁箔包飲料，下意識地仍拿了罐寶特瓶，碰手一陣冰涼，就發送訊息，提了分手。

他回覆：謝謝，了解了。

我把一百元收好，不使用，衷心感謝他用這麼小的金額，還我一份貴重的諒解。

三十 物的宇宙

父親退休，母親不再工作，兩人隱居在家之後幾年，對話中突然出現很多「這个」、「彼个」的代名詞，像是：冰箱有「這个」提去呷，助消化。或是：外口天黑黑，取一支「彼个」再出門。總要等到自己開冰箱，或出門被雨滴打頭，才知道原來是冰箱有芭樂，快下雨了拿支雨傘再出門。

這樣的症狀並非只有他們才有，在我總疑心他們是否因為掌管記憶區塊的海馬迴退化而產生失憶症狀，成為「這個那個症候群」的一員時，不斷要求他們多參與社交活動，或是加入社區大學課程，總之要他們進入自己腦海裡的迴路，把佚失的物品名稱一個一個自腦袋皺摺裡撿拾回來，他們總要反擊著：有啊，上次有跟你那個那個親戚出去啊，上上次也有跟那個那個朋友出去，唉唷，他們也是這樣講話的啦。

每每聽到他們用代名詞指稱某事某物，用很多事物本身外圍的語句描述，加上許多形容詞，動詞，像是益智綜藝節目般希冀或氣惱著，眼前的我，怎麼都猜不到他們拚命畫出輪廓的謎底。然而他們夫婦倆卻能這樣得意忘言地用著「這个彼个」溝通無誤，自彼此手中遞交彼个（掃具或抹布），提醒這个（垃圾車）將至記得打包彼个（垃圾），別忘記帶彼个（鑰匙）。

我無意間闖入他們長期生活織就的網，他們使用語言彷彿偵測宇宙星辰，只要確認經緯度就知曉對應座標的星座，代號永遠都是一串編碼，不太重要，比起抹布二字，更重要的是它的顏色形狀，它的吸水性，它的位置和功能。

我永遠都記得二十多年前，母親還是職業婦女的時候，四點多下班，急忙自工廠趕返家中，只消二十分鐘變出一桌子菜，進浴室沐浴，不忘大喊著要我和哥哥吃飯寫功課，出來，一手拿著毛巾擦拭長髮，一手整理凌亂的報刊或垃圾，腳也踩著抹布抹著地板擦地板，一路經過飯廳、房間、客廳、主臥室，就一路乾乾淨淨、物歸原處的到主臥室裡。她像隻七手八腳的蜘蛛共時多工，沒有什麼空著閒著，這房子裡的所有物品彷彿都與她連上絲線，千絲萬縷只消她巧手一動，一切恢復原狀。

彼時我不懂這樣的秩序何來，直到我自己也開始成為家庭主夫，就發現，那連上絲線的家事雜物們的彼端是自己的心思。掛心二字說得精準，天氣晴雨牽連的不是遊興，是我晾在外頭的衣物和豢養的香草植物；出門至賣場購物，心裡卻早已經替家中各儲物櫃的模樣存起臨時相片檔，逛到衛浴區自動喚起乾癟的牙膏鋁條和用罄的沐浴乳圖檔，逛到冷櫃區自動跳出空的牛奶瓶和僅剩一顆的蛋匣的印象；時間一到月初，自動想起郵差該來了，各類水電瓦斯帳單應該已經躺在信箱裡。

那些與我連線的事物，想起時多半沒有名字，都是樣貌形狀，存藏在我腦海裡的住處副本。每當男友突然要找一個久不出現，但臨時要用的東西，我自腦海副本中取出資料，某件衣服在衣櫃最底下左手邊第三格抽屜，捲尺在客廳置物櫃中的工具箱裡，濾心在廚房瓦斯爐下的櫃子第二層，被快煮壺擋住了。其實也不是刻意將物品分類收納，每每添置新東西時，先放在大致位置，等待我與男友使用它、怎樣順手、怎樣方便，它自然會移動到恰當的歸處。

那移動事物的，就只是生活本身，不是歸納統整，不是界門綱目，共居在這屋子裡的人，彼此關係會孳乳繁衍，不斷轉注到各個事物裡。

生活中的每個物品，都充滿你與我的意義。

如今返家小住，缺了什麼總要問父親母親。一次想拿衛生紙而遍尋不著，父親見我到處逡巡，才說：彼个置床頭櫃內底啦！我總想不明白為什麼衛生紙要擺在他們的床頭櫃，想想算了，別問，或許「彼个」是他們的關係，或是，他們的情趣之一。

原來我自己的秩序，會堅硬得傷了他的心。

三一 摺衣服

在心裡劃出兩條基線，將上衣分成左中右三等分，用雙手拉起基線的兩端，往中間等分疊合，疊合另一部分，最後從底部往上摺合兩次，變成一塊一塊圖案在外的豆腐乾，整齊排列，砌成一片衣服牆，再放進衣櫃。

內褲和內衣也是三等分摺法，差別在於最後是從底部向上捲成小卷軸，按照色階排序，塞進置物籃，看上去就像繪圖軟體裡的色票光譜，以便搭配當日的外衣，避免透色。

襯衫、馬球衫與長褲平時只單純用衣架掛起，有場合需求再用熨斗燙過。切記，掛有扣子的衣服，得扣上單數的扣子，尤其是第一顆。維持衣服的靈魂，在衣櫃裡挺拔地站著，這是第一顆扣子的使命，也是祕密。

襪子則要翻回正面，找出成雙成對的組合，以一只套進另一只，變成一顆毛茸茸的小球，落單的，放進櫃子底層，總要掛心何時找到失散的雙胞，好讓它倆團聚。

這不是什麼摺衣指南，只是一個家務主要分工者的秩序，像宗教分開光與暗般分開要摺的跟不必摺的，相信自然界有所謂秩序和分類，衣物也得在樹枝狀分類下嚴密區分，並按照款式、功能和顏色排成光譜，白色長袖內衣的光譜正對面是黑色短褲，皮帶領結圍巾又像中藥櫃般的自成一區。搬家至新住處時，我曾為了自紙箱解壓縮的衣物煩惱，明明已經斷捨離這麼多了，自舊住處的雙拉門衣櫃變成兩幢掀門的系統衣櫃，隔間不同了，衣物的擺放要重新分配之外，還有櫥櫃尺寸不同，考慮著要不要重新想出另一種摺衣方式，最終花了數個小時的時間，才整理好也不過三個宅配紙箱大小的衣物。如是堅持原因無他，每每在摺衣服時就如在心煩意亂時默念六字明咒，摒棄雜念，才能手無尺規地摺出整齊的線，不至治絲益棼，摺衣疊衣都是形式，茶道花道亦是，瑜伽冥思亦是，我所整理的，是將生活瑣碎梳理，通經斷緯而成的緙絲花鳥藝品。

幼時的家務分配，就是從摺衣開始的。

一日母親要讓就讀小學的我和哥哥學著分擔家務，從用吸塵器清理地板，以及收衣服加上摺衣服，一個人選一個。一動一靜的工作，哥哥很快就選了前者，我也只能沒有異議地撿走後者。分工實施首日，我很快就知道哥哥挑走的，是一個有機器代勞、能自由地移動、而且即使做得並不徹底也難以被檢討的工作，畢竟灰塵時時刻刻在積累，行走坐臥，掉幾根頭髮也是有的。而我分配到的工作完成度如此顯著，幾件衣服在架上幾件收下，幾件摺好幾件還沒，再顯眼不過。但我也並沒有為此抗議，很快的哥哥隔年上了國中，為了課後輔導留校入夜，兩件家事全都變成我的家事，彷彿我在當初就預料到似的。

母親教的衣服摺法很簡單，只一個最重要的動作：對摺。沿中線對摺，把袖子藏進去，轉九十度，再對摺（舉凡上衣、外套、毛衣、內褲、短褲，都是這樣的摺法）。長褲對摺成一條褲管，再從長端對摺再對摺。於是我的衣服總是有著十字在正胸前分成左上左下、右上右下，長褲總是整齊地分成四等分，而我比其他同學早學會了二的除法和二分之一的乘法，大概也是拜摺衣之賜。不免猜想歷史上到底有多少人是受到家務啟蒙，而成為偉大的數學家。

母親的摺衣方法並不好，衣物總是大塊大塊地存在著，難以收納在各空間之中，最糟的是，如果偶然想穿的衣服堆疊在底下，就得陶侃搬磚似地搬開上層的的衣物堆，取走該件衣服，再將衣物堆搬回原處，結果辛苦取出的衣服一攤開不只有十字皺紋，更是因為在畸零的空間中彼此推擠而皺得像存放多年的陳倉梅乾菜，襯衫制服類的衣物更容易因此展現另一種手揉頹廢風，只差沒有截掉兩根袖管否則就是當年《我在墾丁天氣晴》裡，膚色黝黑，仍留著長髮的彭于晏所穿的。

後來升上高中越發重視外型，我開始學著把易皺的衣物懸掛而不堆疊，並上網搜尋如何摺衣的資訊。點進當年仍有的奇摩家族，或是網友自己寫的有著彩色殘影游標、MIDI背景音樂的家事達人網站，讀著新細明體十二級字的小撇步，學會衣服不要摺，可以捲，可以按色譜排列，把圖案向外，像字典一般方便檢索尋找拿取。

大學時，與E走得近，關係夾在朋友與情人間，自願地凝滯。一次到城市南端他所就讀的大學租屋處拜訪，E的房間很有當年大學生的文青氣，狹小，凌亂，壁紙是用懷素狂草的書法列印貼成的，數個便宜的自組三合板三層櫃裡，幾個堆放文學和E就讀本科的資訊類書籍，另一個則隨意堆放著衣服。當年的文青不像現在的，不懂衣著，也不懂時尚，彷彿比較懂得爭取少數者的生活卻放棄自己的那般，不太樂意用太多資本妝點自己。我未經他同意，就手癢地一件一件抽出，三摺，捲起，就連品牌貼身內褲也不放過，在我眼裡都只是衣物，事後想起才意識到其包覆剪裁與性感取向。E等我全部處理完，櫃子裡呈現萬卷詩書的衣物，寬慰著情人任性作為似的說：你是跟你媽媽學的嗎？

E的答案只對了一半，摺衣服的起點的確是我的母親，但我卻摺出了與母親不一樣的款式。後來看見改編自朱德庸漫畫的電視劇《澀女郎》，情場浪子羅密歐對著不停幫忙收拾屋子的結婚狂方小萍說「你這樣好像我媽」，敲碎方小萍只想當少女而不想當媽的戀愛夢，我才恍然意識到E當初的那句話背後的意涵，輾轉向他確認，他說：沒有討厭的意思，其實，這樣也很讓人喜歡，未必所有人都只想擁有年少青春的愛戀。

E與我在當時其實都各自有感情發展對象，彼此有意識地對你我保持距離。後來E出國工作，他衣櫃的樣子再不得而知，不知他是否有人替他理衣正冠，還是因為落單一人，又只能將衣服隨意置放櫃中。

這幾年間，我的衣物收納技巧又多了服飾店店員的速摺法、熨斗的使用技巧、自助乾洗的祕訣。從醫生男友那裡學會將同一雙的兩只襪子互相套疊，球狀收納入櫃，不免又想起母親小時候總將乾襪子兩兩打結，就像成對的複製染色體，一家四口十來雙襪子從不收進屋，晒滿整個陽臺，忽如一陣西北雨來，整個夏季的襪子都浸滿霉味。

偶爾繁忙之時，委請男友幫忙收衣摺衣，打開衣櫃看見他的摺法與母親同出一轍，二分之一的二次方或三次方，衣物不合身地從收納格中跑出邊邊角角。放不整齊的衣服們只好堆成小山，底下還藏著一兩隻落單的襪子，忘記配對。微慍惱怒的我，將所有衣物抽出，重新按照自己的秩序，摺回磚塊或卷軸般的樣貌。隔日男友更衣，打開門板，見到如此整齊，不免心裡有點齟齬，我這樣在衣櫃裡整地重來，彷彿隱隱然嫌棄他家事做得不好似的。

原來我自己的秩序，會堅硬得傷了他的心，就算做得再幽微再悄然，看見整齊的收納，他也還是有著被老師用紅筆圈起，等著訂正的挫敗感。

後來但凡他摺衣服，我不再過問，見著委身收納格子裡那對摺再對摺的衣物，也不取出再製。亂則亂矣，總不至於分不出內衣外褲、黑色白色，那是他努力參與我的秩序的痕跡。我得提醒自己衷心感謝他幫忙家務，尤其是很偶爾的偶爾，我也有將心煩意亂摺入衣物之時，袖子和褲管如脫隊的雁鳥，在只能靠著感應的關係裡的種種途徑裡迷惑，與當下生氣，至終忘記我在傍晚裡擁抱衣物如擁抱陽光的溫煦，那是自己曾擁有也能給予的柔軟與寧靜。

那孤零零的襪子，還是期盼有一天被找到，找不到的，就套在長竿尾端，擦拭床下灰塵或高處蛛絲。有些奇數倒也未必要成雙成對，落單的它，自有它的好去處。

三二

煮白飯

小時候不愛吃米飯，覺得白米欠缺個性，此粒與他粒毫無分別，糰聚在碗裡成球，淋上什麼滷汁菜湯就變成那樣的味道。不似麵條太有自我，各種形狀各種口感，有韌勁的刀削麵，可愛的貓耳朵，優雅的天使麵，帶著特殊鹼香的意麵，肥滿的油麵，每吃一種就像認識一位新朋友，跟一個朋友說話。每每回頭望見母親自電鍋煮出來的白飯，不免有嫌惡感，像是千篇一律的回家，千篇一律的面孔。

但也許是年紀稍長，味覺也跟著有了鄉愁，我的胃袋似乎無法消化千奇百怪外型、用著不同方式排列的澱粉分子。總在下班之後，想吃吃白飯那素淨得像是躺在故鄉陽臺，望著浮雲發呆的味道，再來一盤炒青菜，多煎一顆蛋佐油膏，奢侈中的奢侈。

在日本吃到ほっともっと（Hottomotto）外帶便當時，打開包裝，飯盒裡的菜

肴和白飯完全分開盛裝，炒野菜是炒野菜，醃蘿蔔是醃蘿蔔，天婦羅是天婦羅，他們各自有套房般的格子安居，不侵擾他人，就連漢堡排這樣氣味濃重的房客也知趣地緊閉門窗，唯獨便當外的我可以決定開口跟誰對話，説説你的身世背景和調味特色。吃到彈牙香甜的白飯時，我總是會忘記還有配菜，偶爾沾兩口醃菜添鹹，飯盒將罄，才看見被我晾在一旁的綺麗菜色。

醫學研究説吃糖類食物會讓腦袋也有成癮感覺，避開甜點、砂糖、糖精，但人生避不掉五穀澱粉，每每吃到美味的白飯如ほっともっと、やよい軒，總是在心裡偷偷竊笑，彷彿自己私運成癮藥物，偷偷吸食，飽餐後自胃裡傳達到腦海裡的親密感，就像母親自大同電鍋取出炊好的家傳油飯，或是父親最拿手的素白蘿蔔糕，輕聲叫喚著：趕快來吃，不然要被你哥哥搶光了，那樣的偏心愛護。以口腹之慾成為法律漏網之魚，莫名有種無人知曉的快感。

在臺灣吃便當時總有一種越界感，儘管紙盒子分成一大格、三小格，上方的豆芽菜、高麗菜、豆瓣豆腐丁彷彿再也忍不住到隔壁家坐坐，於是你湯中有我，我飯中有你，炸雞腿底下黏著配菜和白飯，彷彿一片食物拓印的藝品，送到口中分不清界線，速戰速決地給你個脹飽。總讓我想到國中時，十來個同學團團圍起，坐在六張併成一組的課桌椅前，肩並肩，肘碰肘，交換著各自便當裡的菜色，幾雙筷子越過桌子，碰倒立在桌上的水壺飲料，一些油汙沾在透明桌墊上，只把喜歡的菜色給親近的朋友藉以挑釁他人，笑鬧半小時後收拾乾淨，趴下午休，繼續面對下午的課程和大考倒數，那一場便當搶菜遊戲，明日繼續再戰。

後來常在晚餐用電鍋煮飯，尋覓味之鄉愁，但不得其竅。依循指南，或用盡偏方，飯不是太硬，就是太溼，無法將鬆軟與彈牙這兩個矛盾形容詞完美整合在米飯裡。灰心數日後，家裡送來一臺壓力電子鍋，是男友下的單，覺得巧婦難為無米炊，也得需要好鍋具。我在米的種類與水量間斟酌，越光米還是關山香米，一比一點二還是一比一點一，炊煮前要浸泡半小時還是一小時。不知是因為鍋具，還是我堅持研究的精神成功，幾日後才煮出像樣的白飯。

研究煮飯的數日間，男友會在吃飯時頻給水量和炊煮時間的建議。話語聽起來總有些刺耳，在心底暗暗抗議，偷偷碎嘴「幫你煮飯你該心存感激」之前，偶爾我會劇場般假想著：若眼前的他不是男友，而是在便當店打工時的主管，我是不是會把建議只當成建議，乖乖地修正煮飯方式？

或者，正因為是男友，所以對他的稱許有所期待？

眼前的他，到底是家人，還是老闆？這是家務，還是工作？或許在時間之中，有些界線被我們自己踩踏得漫漶而難以辨認區隔。

一些日子後，我因為回到老東家工作，一週固定幾天離開家中。這次並不像先前因為職場環境總是抹滅掉自我而撒氣地離職抗議，只是抱著受人之託忠人之事的心態，關掉一些自己的噪音，竟也順利地完成工作。返家時看見家務被做成男友習慣的樣子，像是晒衣架上晾著忘記抖開褲管而乾皺的長褲，房間床上有等著我摺疊的衣物。我不動聲色地完成未完成的部分，發現垃圾桶裡堆著外帶便當的紙盒，問他，這幾天沒有自己煮飯吃嗎？

在等你回來煮給我吃。他說。

我權且將這些空便當盒和這句話，當成他對我的稱許，用他喜歡的方式比例，洗一杯米，煮一鍋飯，炒個菜，吃完日常的一餐。

三三　吸塵器

男友和我各自有自己精於盤算之處。他旅日期間，趁空檔到不同店家找D牌吸塵器比價，結果兜了一圈沒在日本買，回臺灣的購物網站用點數回饋跟折扣買了。說是匯率兜不攏，日本也沒比較便宜，點數回饋幾倍折抵現金，解釋完這一連串撥算盤的流程，要我複述第二遍是不可能的，只能簡單說一句超便宜。但每每看他提起都能說得頭頭是道，就知道當初花了多少時間算匯率、算回饋，上心頭的事情，說幾遍都還是鮮鮮刺激。

一臺D牌吸塵器真的這麼重要嗎？直到醫生男友和我搬家，我握起那洛克砲般的D牌無線吸塵器，壓下板機般的開關，才發現它不只是吸塵器，而是一個黑洞。灰塵頭髮隨掃即逝，紗窗門簾一刷如新，換個接頭還能清理死角，吸床單被套，單鍵開啟集塵盒，除了毛髮灰塵，另外掉落如雪般的白色塵沫，醫生說那是塵蟎的屍體。我看著這些不計其數的塵蟎散落至垃圾桶裡就像亂葬崗，心想，如果以碗盛蟎，銀碗盛雪，明月藏鷺，我看不見的不是蟬翼而是塵蟎，就這樣散落在枕邊，與我日日共眠。

我無意為品牌打廣告，品牌也不一定需要我的廣告。只是自己在打掃房間時，第一個想到的工具不是吸塵器，而是把不用的毛巾當成抹布。想到自己小時候以及大學外宿時，日日擰巾抹地，抹到最後總是一坨灰塵頭髮沾在屋裡最後一塊磁磚，怎麼撈怎麼撿都拾綴不起那沾黏在地上像一幅康丁斯基的〈構成第八號〉，讓我每每強迫症地想把這幅畫的線條動成蒙德里安的整齊色塊。今日我從抹布原始人進化成頂尖科技吸塵器的使用者，心裡不免要偷笑，當年的我真是太有耐心。

三四 入浴劑

如果要選出我進超級市場，絕對不會拿起來看的商品前五名，入浴劑一定榜上有名（另外可能有衛生棉、榴槤、不合身雜牌內衣褲、紙尿布）。一日我出門赴朋友約，醫生男友拿公費購買日用品和食材，返家路上他問怎麼還沒到家呀，都要涼了。一看以為是食物，趕忙回家才發現浴室蒸蒸起霧，浴缸裡放滿水，還有橘黃色的柚子入浴劑，溶在池子裡，整個浴室都是柚子爽朗的味道。

我對浴缸沒什麼特別感受，一直以為浴缸是拿來浣衣儲水用。小時候工人父親返家，都會把沾滿木屑塵土的衣物丟進浴缸泡洗，直至父親退休，浴缸還是拿來洗衣沖馬桶用的大型洗衣場所兼儲水槽，冬日酷寒，想從浴缸舀水沖馬桶都怕沾手凍手；夏天蟑螂繁殖，浸滿肥皂液的洗衣水不知道為什麼成了蟑螂的戲水池，明明皂化物就會溶解蟑螂腹上保護呼吸孔的油膜，但蟑螂們仍願意再以身試法一個個跳進乳白色的池子裡，到底是地球史上最強生物，連自己的命運都想拿來拚搏。

於是浴缸就從我的生命裡消失了，然後這天它又回來了，喔，原來浴缸是泡澡用的。我在池外洗淨身軀，踩入浴缸裡，腳尖突然活了起來似的，像眾多廣告戲劇女星入浴池，連大腳趾都要演戲那樣說著：啊，是舒服的熱水啊。再乾涸的土地、缺水的植物，此刻都要吃飽了水直到差點漲破細胞壁那樣貴妃油潤。心裡想著有入浴劑就夠了吧，此後不必再去溫泉旅館泡湯了吧——這樣一想，就顯得自己未免不闇世面容易滿足。

在臺灣看到日本總愛推出溫泉之旅的入浴劑套組，出國去了日本倒是沒真的去泡湯，到大分溫泉區參觀地獄溫泉八景目的是搜刮各式湯粉，別府、由布院、草津、箱根、鬼怒川，繞了日本一圈，其實就是不同的礦物成分加上香料，浸在血紅釉藍乳白的湯色裡，想像草津湯畑最熱鬧的夜，或自箱根遠眺富士山的雪冠，而此刻其實我遙遙在臺，在小小的塑料浴缸裡，腳都打不直地盤坐，身子扭曲而憑欄。

後來一次又拿入浴劑泡澡，醫生男友索性把燈關了，說這樣泡湯看夜景。我在浴缸外幫他搓背，燈關著，只靠觸覺搓洗他身體難以搆觸之處，這裡洗不到，這裡很難洗，思無邪地搓澡，一邊說，一邊想：有些事情果然兩個人比一個人來得好，搓背是，泡澡是，暗著燈看夜景也是。

三五 睡沙發

其實沒有拌嘴吵架，只是總以為睡沙發是一種關係中的遁術，既不離家出走，又擺明要「張」（閩南語「逞強」）給對方看。

有一天晚上我跑步回來，身體熱燙著，入睡不到一小時就被自己的汗水悶醒。但想到身旁的醫生男友身體疲弊，輕微感冒，就不好意思把風扇開大，只能走下客廳睡沙發，風扇開得呼呼強著，半夜比冷氣還冷。隔天早上被醫生男友叫醒，他說：我昨天知道你下樓了，所以我也醒來了，想把你抓上來，但身體太累了，又睡著了。

醫生說我一百八十公分塞在雙人沙發上，就像一隻大型犬硬要擠在紙箱裡。

隔天卻換我感冒了，這下倒好，看來不管要不要「張」，我都還是別睡沙發了。

三六 螺絲釘

一搬到新家，三個颱風就接踵而來像考驗，老天給人大晴天，是要人預備著迎接接下來的狂風暴雨，前一天還出太陽趕著備糧，隔一天整幢房子被颱風揪住搖晃。房子裡，被我收進來的薄荷和香蜂草綠綠香香地長，變成洗手臺旁的綠意，薄荷和我隔著玻璃從高樓往下探看，附近公寓樓頂收不進來的小樹大樹避無可避，被吹得歪斜在地，匍匐淋著雨，只能忍，只能等。每到颱風天我總要想那些野居在外的鳥獸如何了，牠們是如何避開這樣的風雨，牠們是否也曾口耳相傳島嶼上的特殊氣候，七到十月有狂風暴雨，若晴天裡颳起大風，遠方的鳥會不會先飛來通知大家找掩蔽，或許現在某個紙箱，某個簷廊正躲著一群平日相互爭搶地盤的貓狗，而今天也不彼此叫囂，大雨當頭，倒也彼此取暖。

住處的陽臺門是一片可上下抽拉窗的門板，加上外頭一片嵌合上去的紗窗，風和日麗的天氣裡一陣風來輕輕吹得窗框像風鈴作響顯得詩情畫意。直到颱風來時，陣風一強，吹得窗框鏗鋃鏗鋃像鋁門窗工廠開工，本以為可以伴著風雨入睡，窗框卻敲得人焦慮，直把我的主夫性格敲醒——如果紗窗被吹壞怎麼辦？新聞畫面裡的貨櫃都像保麗龍一樣被吹翻，紗門會不會也能從八樓直飛一樓，沿途砸破上萬元的遮雨棚？

小時候對颱風有太多綺麗的想像，每每颱風還遠在千公里外的海上，就盯著電視機裡的衛星雲圖，巴巴地想著要放颱風假。等到真的颱風侵臺，跟著父親母親去賣場購物，買那些以為一輩子都吃不完的食物，還央求著多買一些零食不為備糧只為解饞。興高采烈返家，看著父親用膠帶把窗子都貼上十字，一邊等放假消息，一邊看著電燈電視一閃一閃，一邊寅吃卯糧地嗑著存糧。只有新聞的當年大家都等在電視機前等著人事行政局開獎，結果大獎都還沒開，燈暗了，畫面沒了，風扇停了，整個城市都熄滅了，杳無人跡似的剩下風雨囂張，左鄰右舍一陣驚呼，啊停電了！手電筒！蠟燭！打火機呢？父親或母親這時候就會從主臥門把上拿起掛著的大紅色手電筒，一轉燈蓋燈就亮，家家戶戶的燭火手電也亮起，此時整個城市像大海，人都在小舟上泛著勉強存活，風雨中燃起一點希望似的

——這裡有人，喂，那裡有人嗎？

整個夜裡我們手搖扇子，聽著裝了電池的收音機宣布明天到底要不要去學校，聽膩了就對著燭火玩手影，或者拿竹筷蘸燭油寫字，小時候只懂得寫放假，寫一寫放回燭臺融化，以為寫字有祈願能力，長大後才知道寫字都是過去式，就像美麗的燭油，燒的都是時間和人生。偶爾端著蠟燭去廁所都像暗夜裡的一場冒險，小解之後趕緊躲回房間，用椅子撐起床單，蓋成帳棚，自己像一隻貓一樣，不，就是變成一隻貓似的躲在裡面。長大後成了半吊子，念了些雜書就想賣弄，解釋自己躲回母親子宮溫存，但想想其實也並不全然是那麼一回事。

父親搧著扇子直到睡著，母親一邊聽著廣播發懶無事，時時盯著那被強風吹得砰砰作響的落地窗，一邊顧著燭火。小時候總在猜想到底落地窗什麼時候要破，膠帶夠強韌嗎？能貼住十幾級的強陣風嗎？落地窗一破，風雨可就真的要伴我入眠。風聲颼颼，窗框鏗鋃，擔心得無法入睡卻也擔心得睡著，直到隔天早上被日光戳醒，發現落地窗完好如初，米字形的黃膠帶像符咒，又給我們一屋子平安，才知道父親怎地那麼有自信可以安然睡著。

那都是還會停電前的事情了，電纜地下化之後，臺北早就變成一個永恆的燈塔似的，永遠都要照得明裡明外，別的都市都想睡了也要照得別人徹夜難眠。有時我難免擔心起在各處生活的朋友，有的在花蓮，有的在南投，苗栗帶過的小朋友不知道有沒有好好聽阿公阿婆的話。衛星雲圖總像一張標註滿了認識的人的地圖，颱風眼此刻不知道靠誰最近，而他是否安好，當我在亮晃晃的城市裡有網路可用的時候，他那裡是否有水有電？

而同學朋友，年過三十，結婚的結婚，生子的生子，能出來住的都搬出來了，或許此刻他們正在自己貸款買的房煮泡麵當晚餐；或許他們此刻都已經買超過幾天份的存糧，夠吃到月底了；或許他們正趁著颱風假期在家裡趕著工作簡報，就如同大學的時候窩在宿舍裡寫報告。或許他們此刻並不太需要我這份擔心了，而我也從來沒有說過，其實我在看衛星雲圖的時候，會想起地圖上的某個他她牠。到底都是大人了，大家會各自把各自的房間落地窗貼好膠帶。

都有各自想守護的東西吧，而我的薄荷和香蜂草，都在屋子裡一角暫避風雨，樓下的窗框紗窗仍鏗鏗作響，吵得無法入睡，一看才發現原來兩片門板中間有螺絲孔，卻沒有螺絲釘。之前從老家抽了幾根工具箱裡的螺絲釘回來勉強湊數，說湊數是因為螺絲釘要不是太長，就是尺寸不合。我找了兩根鎖上去，露了半截在外面，乍看不甚滿意，但兩片門板再也不吵了。看著多出來的一節螺絲釘，想著如果是同一家工廠出來的，才會尺寸完全密合吧，如果事物本來就是來自兩處的，或者長長短短，稜稜角角，不能密合，都是有的。

我冒著風雨把窗框鎖好，再也不會發出令人驚駭的聲響，我上樓看著醫生男友睡覺的樣子，突然想起，二十年前，父親和母親在颱風夜裡備糧食、做防颱，也是這樣儘管有點害怕，但也要勇敢的心情吧。

我問醫生男友，為什麼每個人的防颱準備都是用膠帶把窗戶貼起來呢？這樣一貼窗戶就不會破嗎？他說，這樣只是因為如果窗戶破了，玻璃才不會四散一地傷人。

沒有哪一扇窗不會破，貼上膠帶，只是不願一地破碎傷人——這是颱風夜裡的一句詩，一個時光的書籤，夾在我的三十歲這一年，半大不小的年紀裡。

4

手藝活

面對這世界，我們努力得夠多了，無論委婉抵抗或一刀切割，都有我們永感疑惑的某組對應，像纏繞糾結的電線，總是在我們蹲低姿態又敲痛頭腦地鑽進積累灰塵的陰暗辦公桌後，還是找不到正確的連接埠。

三七 等門

小時候等父親回來，總是要靠在窗邊看著底下，舉目張望父親的身影，父親要是回來，就高興地趕緊用對講機按開公寓底下的大門，並把自家的鐵門開好，好讓父親一路順上地進屋。母親總要疑怪你奈知影老爸轉來？父親笑笑，我也笑笑，藏一個母親不知道的祕密。

小學三年級之後，傍晚都會到美語補習班上課，國中也有理化全科班要參加，即便沒課的日子也還是在學校蹉跎到五六點才出校門，接著又是一陣瞎晃到七點才甘心回去吃晚飯，回到家總只是如回到旅館洗澡睡覺。而父親老早就自工事返回，趴臥在床上休息，被母親拉著腳往外扯，把脊椎拉直拉鬆一般，想讓突出的椎間盤調回本來的位置，聽到我回家，自房裡喊著幾句：回來啦？有考試嗎？隨後又是肌肉痠痛地哼哼唧唧。我並沒有回應太多，有時甚至沒有回應，逕自洗澡沐浴，走回房間，繼續念書準備考試。

當我開始工作，父親已經退休。每每下班返家，才剛按下對講機的電鈴，不出兩秒三秒，大門門閥就急急通電，啪的一聲打開，彷彿就有人守在對講機旁，搶答般地按下開門鍵。走上來卻見客廳一陣黑暗，只有電視無聲地放著ＨＢＯ，茶几上有溫熱的茉莉花茶，父親自是到陽臺剪剪花草，晾晒衣物，挖挖貓糞清貓砂，好像一切與他無關。母親才走來對我說悄悄話：父親等在客廳裡很久了，一聽到電鈴就跳起來回按，現在都嘛在裝忙。

看日本戲劇或動漫時難免疑惑，小時候不懂為什麼《蠟筆小新》裡的媽媽野原美伢總會這麼在意自幼兒園返家的小新總說錯的「你回來了」；長大一點時看日劇，總要想著日本人是不是過分注意禮節，而「ただいま」和「お帰りなさい」未免流於形式。直到養了毛孩子，返家還沒進家門，牠就聽出來是我的聲音，等在門邊翻肚躺臥或興奮亂走，我打開門，對這樣別無二心純然等著我的牠緊緊擁抱，輕輕撫摸。有時我都會想，何以我們對貓呀狗的動物們這麼期待親暱，彷彿那句「ただいま」、「お帰りなさい」是貓奴狗奴與貓皇帝狗皇帝之間才有的觸摸對話，而自己對家裡的人類反而疏遠得，比室友還陌生一點，冷淡一點。

很多年之後開始與男友同居，在第一個住處由於房子坪數不大，同一層樓隔成八至九間的樓中樓套房，電梯門一開，在自己住處內都聽得見叮的一聲，電梯開門的語音女聲。時間越是逼近男友下班的時刻，我越是期待，安靜聽著門外的動靜，或坐或站的等電梯來，叮一聲開門的是你或是他人，之於我，都是一種懸著心臟的考驗。

直到現在已經搬家仍然等門，但不如以往馴養的焦躁不安，反而多了點實際安排。先粗略估算好男友的返家時間，在廚房裡備好晚餐食材，泡好白米按下炊煮，下樓到附近國小或健身房運動，回來只需開火翻炒清燙燒燴，再將一身油汗汗水沐浴洗淨。等門成為一種習慣，等他返家一起用餐，等他返家一如以往我被等待，讓他知道，門外一切不管如何都會被大門擋下，在開門時，等待著的彼此都值得一句：我回來了。

歡迎回來。

三八 手藝活

醫生男友有個非常愛把東西往冰箱塞的母親，多年前的年菜，親戚送來的乾貨，冰枕與保冰袋，製冰盒找不到空間安放，藏於櫃中，失去功能。想買個冰品甜點存放，打開冷凍庫就掉兩包塑膠袋，不知道內容物為何。每每回到老家就傳來冰箱爆滿的照片抱怨著，好似即便突然停電，冰箱還能保冷兩三天。或者突然發燒燙傷，完全探不進冰箱內部拿冰枕，只好在表層隨意拿一袋冰磚就能冰敷，敷完傳出虁味腥味，融出一包魷魚，再換一袋冰敷，敷完發現是一袋融化成芋頭奶昔的草湖芋仔冰。種種囤積讓男友覺得生存空間狹小，怨懟母親如此不安全感地什麼都要留，好似自現在逃跑，活在一個冷凍的時間裡。以致男友非常喜歡打開冰箱檢查，這一袋是什麼，這一包是什麼，問案般問著冰箱裡還有什麼東西要處理，千萬不要堆在冰箱裡變成磚塊。

我是喜歡丟東西的人，我也曾像男友母親囤積事物如囤積記憶，只是至終到底也未對那些勉強留下的物品回眸一顧，有些東西甚至見著了還自我懷疑：這是我的嗎？我什麼時候買的？我為什麼要買？生活中太多不明就裡的擁有，反倒認清人有很多時候都是無情的。於是丟棄這些迷失在時間裡的東西，雙手能擁抱的東西這麼稀少，我擁抱能擁抱的。有時處理食材，減少物品體積，蔬菜瓜果去頭截尾，切丁切花，用保鮮盒盛裝放入冰箱，或是生鮮肉品吃不完裝袋冷凍，延長保存期限。已經丟棄很多廚餘，男友仍會對著冰箱裡一盒盒一袋袋切捏揉壓的各種形狀食材發出疑問：這個是什麼？這個要丟嗎？有時以為他久不下廚，忘記食物的長相。有時卻覺得打開冰箱檢查就像自己的領域被侵擾，惹惱了我，明明是可吃可用的，偏要丟棄或當下處理嗎？

上回做漢堡排後，多了半盒絞肉，問我該怎麼用掉。一天突然想到他提過幾次打拋肉，傍晚時分準備料理，自冰箱取出切碎的洋蔥蒜頭九層塔，想到鹹鹹辣辣的打拋，還是切了兩根辣椒下去，刻意把辣椒籽去掉大半，避免不愛辣口味的他食不下嚥。

晚上他下班回來用餐，問他口味還可以嗎，他猶豫一下才說好吃。睡前見他拿口內膏往嘴裡塗，那時我才突然想起來，他因為沒睡好而嘴破一陣了。不知道為什麼，人有各種體質，偏寒的，偏燥的，容易頭痛的，容易中暑的，而他是我少數聽過容易嘴破的體質。他不愛吃辣，原因在此。但他也不多說什麼，抹上藥膏後一樣談天睡覺，彷彿沒事一般。

我摸索出他各種喜好，他也知曉著我不喜歡聽到負面詞彙，我們有各自對各自的片面了解。生活是各種片面的長久實踐，像是一件手藝活，他捏一個角，我塑一個圓，我們綜合起來，成就了這鹹鹹辣辣的打拋的一天。

三九 睡前的星辰

我們最綿密的時光。睡前。

那些分離時我們無暇顧及對方，想知卻不能知的時間裡，你在做什麼？

睡前，我們試著將彼此錯開的時間軸，併攏，黏合，一如我們既往的習慣，捨棄砸雞蛋般地砸來即時訊息，在各自的心裡慢慢過濾話語纍纍的卵，在時間的水浴法中慢慢蒸烤出漂亮的布蕾。

每每快睡著時，就忍不住在句與句中間置入黏著的焦糖，問著，接下來呢？然後呢？企圖拖延睡與醒之間的渾沌時刻，未完待續般聽他滔滔不絕地講著，一邊讓睡意如星空般籠罩。

睡前的星辰，我非常喜歡那樣似睡非睡的時光，意識變成身體，漂浮在宇宙虛空之中。約略是自幼就習慣聽著廣播呢喃碎語，彷佛太空中的碎隕，輕微地碰撞，晃蕩。是睡前的故事，母親懷中的海浪。

辦公室裡的人際煩惱

聽起來，兩個人之間，應該是易感敏銳的我比較在意人際之間的關係，而他應該會公事公辦地處理辦公室間的往復交際。但事實卻恰恰相反。

也許正因為他將公私領域一刀劃開，同事的歸同事，生活的歸生活，他萬不願意同事想越過他的限際，企圖與他分享生活或取得情感連結，每每與我說起，總是困擾著自己不知如何表達拒絕之意，或者，他認為自己已經委婉地將他人推開，他人卻又看不懂他的姿態，進逼上來，他退無可退，只能回到家中，與我說起，發著脾氣，彷彿人們都不懂得他的良善，暫且為他人留下情面的溫婉。

相對的，我對辦公室裡的同事就沒有這麼謙彬有禮。

在一次的離職前已經謝絕大半聚餐邀請，表明自己並不喜歡處處留人情般地沾風惹草。其實以往我是很難拒絕人的，過高的自尊總讓我害怕被討厭，害怕自己無心的話語傷了誰，只是如此把自己對摺再對摺的人際讓人難以呼吸，像白紙對摺七次至終無法再妥協地反彈，不想討厭委屈的自己就讓別人討厭我吧，直接表達我的訴求算不上什麼壞話，躲躲藏藏反而徒增他人困擾。

但仍有一位老前輩悄步走到我位置旁邊，邀我共進午餐。時候到了，我在心裡暗暗想著。老前輩與我合作過，合作過程並不算愉快，但也不至兩兩相怨收場，意見上相左的，溝通的扞格不入，我將其歸類為世代差異。只是我難以想像，在餐桌上的我們有什麼交集，足夠撐起我與她二人一段時光，抑或我們將會瞪著食物發呆，吃也不是不吃也不是。時候該到了，我該拒絕了，溫和但意圖堅定地說出：謝謝你的好意，但我真的不喜歡這樣。

我的直白讓她在桌邊隔板扭身起來，一再確認我的意願，直到我重複三次拒絕的話語之後終於離開。我暗自為自己突破難關般地竊喜，深深覺得連她這樣輩分（進公司工作時說不定我都還沒學寫字）的前輩都拒絕得了，或許將來我再也不會不敢表達自己的意見。但事情還未隔日，當天下班前她又來問：那我送你禮物好不好？卻一樣遭到我辭謝不受。

夜裡才對醫生男友說完今天的人生突破，隔日碰著了老前輩，對著我笑說：我其實還是想送你禮物，但我想了很久，著實不知道該送你什麼，你們男生缺什麼，我也不是很了解。

我沒多說什麼，又是一番辭謝。想著我到底是拒絕成功了，讓她聽懂我真的不需要這樣的好意？還是她從未死心，直到自己也覺得自己完全施不上力了才作罷？但我沒細問，把這樣的疑惑留成一樁懸案，說不定某日我回首起這時的我會深覺自己不近人情，不夠圓熟通融。

這端的矛盾應該在夜裡說給醫生男友知道，讓他知道，面對這世界，我們努力得夠多了，無論委婉抵抗或一刀切割，都有我們永感疑惑的某組對應，像纏繞糾結的電線，總是在我們蹲低姿態又敲痛頭腦地鑽進積累灰塵的陰暗辦公桌後，還是找不到正確的連接埠。

街角的麵包店

舊住處與新住處有個共通點：街道轉角都有一家麵包店。

自臺北搬離至他方，換到新住處時，我本能般地開始搜尋附近的麵包店，雖然胃裡還是習慣米飯的溫熱摩擦，但早晨醒來或下午餐間時刻，還是希望前一日有預先購入的麵包就放在櫃上桌上當存糧，撕開包裝或膠帶瞬間就被麵粉酵母奶油雞蛋挽救飢餓感，或順手煎個雞蛋火腿，備一碗麥片優格當早餐。夜裡他常常無意問一句：明天早餐吃什麼？我總得在心裡底定大致方案才能放心休息。

我不開地圖走逛，嘗試在心裡建構自己的採買路線，意外地發覺新住處附近有許多烘培坊，走精緻日系的，樸實臺系，健康歐系，各種路線的店家各有支持者，都在此地經營數年。想起麵包店如想起自己童年，也想像自己蘸滿美乃滋後在肉鬆盆裡打滾，或是變成螺旋麵包捲裡的奶油，飽滿扎實地撐滿整個身體。長大後走進日系連鎖麵包店，看見一座座小山漬雪的紅豆麵包，或是柔軟得像高級羽絨枕被，讓口腔舌齒發懶休息，忘記咀嚼的湯種吐司；又或者為了健康，刻意選了液種天然酵母，不額外加砂糖調料烘焙而成的乾硬歐式麵包，入口時疑心自己吃的究竟養得起自己的胃口與否，嚼食到後來麥香麥甜眾裡尋他回首而來——麵包們，一直都沒有背棄我似地等在城市裡的某個角落，等著我，成為生活裡的至交老友。

幾年前，開始同居的第一個早上。我興致沖沖的起床出門，想在轉角那家烘焙坊買個吐司麵包，卻發現社區裡除了便利商店買得到工廠的甜麵包之外，烘焙坊都只過中午才開門。或許是我誤入了這個高級住宅區，居民同店家的時間軸都比一般人晚，彷若習慣睡到十點再起床。自己做早餐已經不時興了，林立的早餐店裡擠滿了外帶內用的人龍，或去稍貴的咖啡廳買氣氛，或是在速食店圖個豐腴肥滿，如提前訂位，還能在貝果店裡點一份三百的早午餐——但在假日，這些悠閒浪漫都是十點以後的事情了。

疾疾走過許多街區，筆直的道路走過數個路口，偶然才在轉角見到一家烘焙坊，貨架上只剩下昨夜殘餘零零星星的幾個品項，隨口問了有沒有吐司或餐包之類的，店員卻說下午才會烤好，儘管一臉歉意我卻總總感覺是我給他造成麻煩似的，只能隨意抓了之前包裝好的皇冠麵包結帳，再走回住處，正好是社區中的人甦醒的十點。他也自樓中樓上的床鋪醒來，問我去哪了？

去運動了。

轉開電晶爐火，溫一溫買來的麵包，煎起法式炒蛋和火腿。被他發現我並沒有真的晨跑去了，也沒多說，坐下來張口用餐，說早餐不做也不會如何，出門用餐亦可。只是吃食之事，總是在自家舒適，而我也不願假手他人；而逛麵包店，在千百種麵粉與酵母的變體中，按照當天心思挑選搭配如在衣櫃前猶豫反側，是一樣的趣味，也是我沒說的祕密。

或許他每每疑惑，怎麼早餐的麵包總是變化多端，少有重複；或者在睡前說起麵包，我怎麼每每都有新發現，轉角的臺式烘焙有好吃的牛粒，巷子裡的歐式烘焙坊總算推出新款口味的裸麥麵包。那些他不在的時間，都是我在城市裡的小小冒險與約會。

軌道

身邊的朋友在這幾年不約而同地被家長催促交友結婚，總是耳聞某某人參加了一場尷尬的吃飯相親，或是被雙方家長加進對話群組，留下一句：你們年輕人好好聊聊，旋即閃身退出，留下尷尬的兩人互丟表情貼圖不知所措，結果總是不歡而散，怨懟著父母怎麼念書時不讓人交友，長大後，人長全了，不想隨意讓別人填滿自己的缺了，才來亂點鴛鴦譜。

男友聽到這樣的話有點驚訝，在他的周遭環境正好相反。醫學院裡，大半的同學、學長姐弟妹似乎都很識時務地，在這時間，做出一些人生重大決定，比方結婚，比方生小孩，比方置產定居何處。於是他總是收到許多結婚喜帖、滿月酒請帖，包出許多紅包（並疑心自己永遠沒有理由回收），換來吃不完的喜餅和油飯雞腿磅蛋糕，過幾天又到某某同學家新置的電梯大樓拜訪，接著他們換了工作環境，在某個醫院開年會或是跨院交流時，意外地看見許久不見的同學，一問才知道對方出國進修，回來就職位高陞。說是日轉千階或許誇張，但努力拚幾年總是有的。

他們彷彿有張看不見的人生行程，大家按表操課，念書，實習，服役，結婚，生小孩，請保母，買房買車，速度快到看不見車尾燈。「努力拚幾年就有」，聽起來，對他們似乎理所當然，對我，卻是可遇不可求的百分之一的機緣，其餘百分之九十九，叫做命運。

「上軌道了吧。」對於這樣的進程，他總會這樣評述，有一點理所當然，有一點不得不。「但也有的已經夫妻不和，或是與對方家人相處不來，早早分居或離婚，也不是什麼新鮮事；或者當醫生的自己也生病了，另一半願意留下來照料，收拾殘局；當然，也是有人好好的，什麼事情都沒有，就還在軌道上。」

偶爾聽到他生活圈中，那些一帆風順的人們，幾度行船偏遇打頭風的波折時刻，不免偷偷在心裡暗自印證：是了，總是有那難逃命運捉弄的百分之一，戲劇裡刻畫的家庭婚姻親子問題，不單單只是我這個文字工作者嫉妒妄想——但，這些心裡話，也僅只是心裡話，像是一劑悖德的安慰劑，打在我這般長期困頓於家庭和關係裡，總是撞個頭破血流才甘心敷藥的人，有那麼一點旁觀他人，鎮自己的痛的麻醉感。

「其實有些人的人生未必，未必是想要一個好的家庭、好的關係，這些對他們來說是人生的選配。他們或許更重視的是自己的學術成就，自己對有興趣的專業領域探知到什麼程度。」睡前，我朦朧聽到這句。

或許有些別人的故事，沒有我想像的這麼糟。

我自己覺得重要的東西，對別人來說，也許只是軌道上陪著一陣的共乘乘客，一小段窗外風景。

大象家人

父母永遠是我們床邊話題的第一名，彷若這張雙人床上，躺著的我與他，是另一對父母。

我很早就將自己的父母寫成文字，緊張的親子關係彷彿已經動過幾次大手術般暫時無礙、復原，所以，我很少在睡前提及自己的父母親。醫生男友倒是提父母說得多，總是可以說上一兩個小時到子夜。他的父親健康檢查等報告緊張得如鍋上螞蟻，母親幾番又為了煮的菜餚與修佛吃素的父親口味不合而爭執鬧翻，姐姐工作不順遂結果也去做了健康檢查，等報告期間，天底下所有事情都要覆滅似的像是末日將至，最後姐姐的報告沒事，父親的也沒事，母親仍舊不小心把摻有動物油的食物加進菜餚裡，佯裝沒事，一餐過後，一切仍舊，無事。

此番種種總困擾著醫生男友，我問：這是他們的煩惱，你為什麼替他們的煩惱感到困擾？

「因為他們會來吵我啊。」聽起來多熟悉，就像以前躲在房間裡聽父母和哥哥吵架的我，其實都跟我沒有關係的，只是默默把這些難以消化的偷走，在心底咀嚼。

起初我總想著該如何要幫助他切割課題，但後來覺得也許是因為珍愛著重視的事物，才會把他們的事情也攬在身上，儘管嘴巴上總說：我不想管了。實際上，他沒察覺到的，總跟他想的事情相反。

那個沒察覺到的，就是他自己。

於是幾年下來，聽著他的家人那微乎其微，幾近毫無進度的進度，往人生方向邁進那只有零點幾毫米的一小步，像大象一樣緩慢，優雅，沒人知道他們心裡糾成的線團有多巨大繁複。我也沒多說什麼，就是這樣聽著，直到蟲睏鳥倦，我倆雙雙睡去。

有一天晚上他突然跟我說：我不是喜歡說這些，但就因為沒人可說，所以只跟你講。彷佛有許多信件，都往我這裡寄來。

我說我知道，我會把這些密語都收好，等有一天你回首，自己拆閱。

我自己覺得重要的東西，對別人來說，
也許只是軌道上陪著一陣的共乘乘客，
一小段窗外風景。

四十 在我不在的時候

有沒有一種故事，它並不真實存在，只是被描述出來的，以假亂真的幻象。又有沒有一種故事，它實質存在，但從不被描述過，是沙灘上千萬貝殼中的其中一個被埋沒的。

客座一堂課，帶小朋友玩遊戲，練習描述和語句組織邏輯，讓小朋友在紙張上寫下人、時、地、事四個部分，重新洗牌，抽籤，原先他們安排好的一個邏輯貫通的描述句，被拆散、重組，組成另一個邏輯完全說不通的句子，像是歐巴馬與川普，昨天，在朝鮮大街上，畫畫。當我念完四張一組的籤，小朋友全都笑到不能自己，並引頸期待著下一個會出現什麼荒謬的組合。

比起無聊的習題和現實，聽聽這些拼貼組合倒有趣得多，歐巴馬與川普同時出現，還是在朝鮮的大街上，不知北韓領導人該做何感想？又是在畫什麼東西？不可能的事情逗得全教室的人哈哈大笑，好似國際關係在這樣一個斗室裡和解，戰爭停滯了五分鐘。

其中一個孩子並不跟其他同學一樣，淨是寫些川普歐巴馬金正恩金正日，也不寫大便小便放屁等各種只令孩子發噱的排泄物，他認真在紙上畫下一個女孩，而上一張抽到的畫畫，也是他寫的。事後一問才知道，原來那許生是他非常喜歡的一個同學，相處得很好。這樣認真寫下來的答案，擺在這一群毛孩各種小奸小惡的想像和訕笑裡，似乎是我玷汙了他以紙筆在紙上作答，那個當下，腦海裡記得而被描繪出來的無瑕畫面，像一枚幼生的蚌，孕育著儘管渺小但純淨的珍珠，隱沒在海裡，被細沙掩沒，不知道在何處發光。

下課後的孩子們紛紛圍上來，沾沾自喜地複述著上課時聽到的，各國領導人在奇怪的地方便溺這類句子。一個程度不錯又有點顯擺的孩子上前來問我，老師你姓什麼？我如實回答，他就照樣造句起來，謝老師，在今天中午，在大街上，大便在褲子上。他不說還好，一說，一旁原單位的老師大聲疾呼，不可以沒有禮貌，接著小男孩就被訓了一頓，然而我倒是一點也不在意。那不是我在的時空，不是我的故事，若真是如此，想像起來也還挺好笑的。

人似乎很早就學會判斷是否，這狀況為真，狀況為假，再長大一點就學會從這基礎之上假設情境。現實像重力，它讓人牢牢站穩在地上，也讓人飛不起來，憑藉五感想像自身以外的寬廣的世界。有時描述出來的故事並不屬於自己，手也搆不著，摸不到，但光是聽，字句都會敲進心裡，扳動開關，讓人哭，讓人笑。

購物之後，我把食物零食日用品各歸其位，從經費裡抽走相應數字，擲回找零。週末閑居在家或打掃時，男友才會發現置物架上多了好多零食乾果，冰箱裡生鮮食材幾進幾出，或者衛生紙抽來拭臉才發現粗細不同，問我何時換的牌子。物與金錢，在這間房子悄悄的改弦易轍，在男友日日出門之後，我使用著這些物品，補足這些物品，在他不在之時，這些東西變成一條只有我知道的不重要的敍事線：零食果乾是我貪嘴買的，蔬果買貴了只能再趁價跌時追買，而衛生紙是我貪便宜買了廉價的款式，每每令他感覺那些在他不在房子裡的時刻，東西像附喪神一般修練成靈，九十九神，在家中悄悄移動起來，進進出出，變成他不認識的樣子。

有那麼一些時刻，比方獨自一人在家處理家務的時刻，我偶爾會想偷偷翻閱他的文件或是筆記，就像控制慾極強的虎爸虎媽，悄悄偷翻小孩子的書包，唯恐小孩超過自己窄到不能再窄的好球帶，做出一些超出自己控制的事情。但幾次這樣一邊用吸塵器清潔地板，一邊想像，也只是用吸塵器碰碰他放在家中的公事包，並不打開摸摸碰碰。有時整理櫥櫃看到存摺，也就像是用滑鼠點按跳過。或者有些看似放著重要資料、卡片、筆記的東西，若是打開，也許我能窺見他與其他人相處時的不一樣的樣貌，那些令人好奇的，在我不在的時候，他的時間軸上，那些我未曾見聞的敍事，是否存藏著我未曾得知但對他而言卻重要非常的故事。

那能一窺所有故事祕密的龍宮寶盒，最終我是沒有打開，想著有些事物如海底沈船的遺跡，每個人的心都是一座海，都有各自想淹沒的災難、豐收和時間，此刻海天一色，或許是他想呈現的樣貌。

如同我自己也有許多遺跡，分別存放在心海地圖的每個角落，退潮時我見得到它們四散在各處，被海水漸漸侵蝕脆化的樣子。然而，不僅只是這些存留下來的過往的遺跡會改變，在岸上的人也會改變，以前有許多會朝著大海，悲傷洶湧，而不能抑制地想大聲問為什麼，的許多時刻；但此刻我安然的坐在岸上的沙灘，不等漲潮，不等退潮，當它們浮出水面，寂然的凝望，直至海水漲起淹沒它們，風景自是又換成風平浪靜的日子。

那些存留下來的過往，曾是那麼認真地寄盼著，所以變成遺跡，沉沒海底。時間會侵蝕每一種存留，並被潮水沖散，就像那個小朋友這麼認真地寫下他和喜歡的女生之間一起讀書畫畫的事情，被拆散，混淆在不同的事件之中，變成其他的故事。或許此刻他並不懂為什麼那些人時地事支解重組之後，故事會變得如此可笑，但將來有一天他會了解——我希望他會了解——人生在長大的過程中，許多人時地物不斷拆解重組，沒有任何一個是獨特唯一的，但最後所能做的，就是將這些重組的人時地物，變成唯一一個自己所信賴的故事。

因此當我不在的時候，當你不在的時候，有些事都已經沉浸至海底，悄悄的質變，那些曾是如此認真孕育的珍珠也會被埋沒，被翻浪濤起的細沙刮磨，最後也變成沙子，變成腳下那綿密沙灘，溫柔包覆雙腳的一個看不見的組成分子。

四一

藏鋒

家中濾水器要換濾心，男友打電話向廠商敲定檢修時間，託我留守家中等候。下班後我回家打開櫥櫃，拿出櫃中各類物品，清出工作空間，瞥見掛架上的三把刀，腦中莫名有壞想像浮出，遂將刀具取走收到另一個櫃子裡。慈眉善目的檢修員進門換濾心並叮囑使用方式，來去疾行不超過十分鐘，什麼事情都沒有，要切水果時找不到水果刀才想起，因著自己的疑心，那些危險器械都暫時關禁閉了。

我一向不喜歡各種刀具針具，凡是各種帶有刃面的楔形器具都令我敬而遠之。從二十年前五元一把的美工小刀到各式厚重菜刀，甚至是在花蓮念書時路旁瓜農時常霍霍亮亮用著的西瓜刀，就算用刀之人沒有惡意，但凡想到「切割」一詞，就令我疼痛難耐，遠甚於幼時兄弟打架瘀青的隱隱鈍痛。

幼時電視購物興盛，廣告專挑邊開電視邊做家事的人催眠，各式廚具鍋鍋刀刀可以一講再講，一賣再賣，拿刀切肉切菜不稀奇，切紙切冰塊，輕輕一劃物件一分為二，避免剁雞剁鴨練出好強壯二頭肌三頭肌。菜刀一組九九九，再送削皮刀刨片刀磨泥器，品名冠上貴太太三個字讓你輕鬆做家事，殊不知真正的貴婦太太都是讓別人舞刀弄槍的。父親母親倒也沒沒有讓這樣的噱頭催眠，剁白雞切白肉，刀不夠力，就在不鏽鋼水槽邊邊磨個八九下自是堪用。幼時每每聽見這樣的磨刀金屬霍霍，心裡就一陣噁心，類同於指甲刮玻璃，粉筆刮黑板一樣的凝虐。後來在夜市看到菜刀嘈嘈叫賣，才知道電視購物那套並非新興推銷伎倆，因是父親母親約會逛夜市也見慣了，免疫了。正這樣猜想，不久，家裡突然多了一臺手動刨冰機，紙箱寫著自己動手做雪花冰。圓形中空機身置冰塊，以手旋轉，底下的刀片就會片出冰屑。冰屑如塵，糖水一淋就融化走山，吃得不過癮。當時小二的我趁父母不在，突發奇想，調整一下刀片位置說不定就能刨出外頭冰店那山一般高的雪花冰，淋上果醬糖漿就是一座火山。

才這樣想，手指一伸，就卡在刀片上，進退維谷，往前一步是黃昏退後一步才是人生。可眼見鮮血往下頭冰碎上滴，一片潔白染鮮紅，雪啊血啊，還來不及賞其病態情趣，就因著痛急著拔出，一抽手，食指指甲被刀片削去，哼哼唉唉半天才想起拿衛生紙包紮，做了幾天沒指甲人，見了圓頭的安全剪刀手指也會隱隱作痛。後來有勇氣再踏進文具店買跟刀有關的器具，卻是一把鋸齒剪刀。一來是鋸齒剪刀新奇，剪什麼什麼都會變成鱷魚牙齒咬過的樣子，變成中餐廳裡配色搭花樣的鋸齒胡蘿蔔，二來是鋸齒剪刀不像一般刀刃決絕，不會一分為二，只會迂迂迴迴「咬」出一個形體。但也是才這樣想，我拿它剪色紙、剪作業本，最後不知是為了跨越心理障礙，還是人本來就有冒險犯難的趨死本能，鋸齒剪刀往手指一壓一剪，果然又多出一道口子（天啊還是鋸齒狀的豈不更諷刺）。每每看到電視電影那些穿著唐裝耍弄蝴蝶刀唰啦唰啦的習武之人就心生羨慕，在戰場出生入死的人也會說：我身上的每道傷口都是我的勳章。但在我身上，盡是些小刀小刃標記著我的手拙與無心之失，不止各種刀刃，就連圖釘和縫衣針也曾暗笑我的愚昧，甚至是每個小孩都想躍躍一試的釘書機，也曾在我手上留下吸血鬼般的咬痕，讓長大後的我總想寫信至文具公司請人在釘書機這商品上加上一句：未滿十二歲孩童請由家長陪同使用的保護級警語。

猜想這世界上我應該是唯一被剉冰沖昏頭的人，也是少數看到小刀片就會緊張得捏手的人。美勞課家政課對我都是艱難的考驗，做紙雕時眼所見不是紙上刻線花樣，而是得盯著刀子一分一釐慢慢移動；縫紉課時擔心縫紉機臺萬一一個不注意，就將手指手掌也車在作品上；回到家握刀持刃也擔驚受怕，眼見名廚大師都用指節抵住刀面以防切到手指，這等技術我練了十年還是不得其竅；最糟的是削皮刀，左手握蘋果梨子，右手持刀，不知道該往外削還是往內削，每每過長的手指總被刮得坑坑破破，還是學不會和削皮刀和平共處。

為了抵抗心魔，逼自己練習用水果刀耐心去皮，苦練數月，最後練就一刀到底不間斷的技術，博得旁人喝采。他們卻不知道，我拿著水果刀和水果時並不控制刀子，而是用水果的面去貼著鋒芒處。到最後我沒有了解乾淨俐落、構造簡單的刀刃半分，倒是了解了瓜果根莖各有形體，應和著烹煮所需，滾刀、片刀、小丁，成段成絲，在這當中，刀具沒有變動半分，卻有許多東西改變形狀。

撼動不了的恐懼，就只能順應著、貼著它走，反而摸透了崎嶇難解的事物的形狀。

國中時，一個會帶紅色隱形眼鏡的補習班女同學突然拉開袖子，給我看她手上大大小小的橫向印記。那是我們都在電視上肥皂劇裡看過的，叫做「割腕」的事情，舉凡男女主角被體制環境或命運逼到盡頭，出此下策，下一幕便是被親友送到醫院，鬼門關前走一遭，醫生進門說輸血之後沒事了只是需要靜養，那淡漠表情像是指責家屬或配偶怎麼沒有善盡照顧之責（其實只是臨演表情木然不知所措）？主角緩緩醒來，惡婆婆惡公公都吃齋唸佛了，負心漢也回心轉意了，兒子女兒此後發憤圖強出人頭地了，這種，宛如在死亡前召喚神蹟的殉教儀式。我和這女同學並不算熟識，但因為偵測得出彼此可以交換祕密的頻道，就週週在補習班裡閒話說哪一班的誰跟誰在一起了，其實背後是誰又遺棄了誰；或者哪個老師出好考卷先給哪一班寫過了；或者是為什麼校門口的訓導主任總對誰有意見，而總是縱容誰過了八點半還能不紮衣服下襬直接當他的面走進校門——這類自認成熟的學生會閒談的「大人的事」。

她給我秀出割腕傷痕的當下，只是淡淡說著：我覺得好煩，好多事情都沒辦法解決。隔數週再一問，才知道她的父母不睦已久，她想介入，卻總被罵回來：你不管好你自己，管大人的事情做什麼？送你到補習班裡成績也沒進步，浪費錢。諸如爾爾，我問她割腕之後事情有好轉嗎，她說沒有，又沒被父母看到；隔週手上又多一道口子，這次被父母看到了，但，又被罵了。又隔週，她再也不提父母和成績的事情了，只是依常和我說著學校裡的閒話。在這當中有時我想學著她拿刀劃劃看，看能不能切斷一些煩惱：關於性向的，關於無能為力的感情，關於完全不知道為什麼要讀好書拚成績，這些，在現在三十歲的年紀看來是芝麻綠豆大的事情，但，當時的我、我們或曾經經歷過那樣迷惘得不知所以的國中生涯，其實力量薄弱得不知道該怎麼扭轉這些非情所願之事，或許在手上劃幾道傷口，看見自己還有一點點勇氣祈求那其實完全不存在的神蹟。

當她說：這一道被父母看到了，卻被罵了。這句話時，帶著紅色隱形眼鏡的眼睛，滲著一點點淚水。我不知道她後來怎麼了，或許當她想起這些傷口，也會暗笑當時自己的天真和傻氣，卻堆疊了不知道多少了無力感。

和醫生男友一起看了日劇《Doctor X》，每一集都見米倉涼子飾演的大門未知子瀟灑走進手術室，擠開遲遲無法下刀或是技術笨拙的醫生，冷靜地說著メス*，沉著接過手術刀，劃開皮肉之間，直達病灶，切下一大塊腫瘤或組織，神速完成手術，再瀟灑走出手術室。每每看著手術室裡的計時器，男友和我都驚呼，這也太快了，一般來說動這種手術至少要好幾倍的時間啊。我常想，是戲劇造神了，唯有神一般的角色，才能握著刀，使用這份力量嗎？後來看到未知子也曾是個見血就害怕的人，她手裡握著的不只是手術刀，也是恐懼：對醫生而言可以想著下次不失敗就好；對病人而言，失敗是只有一次的，沒有下一次。

力量和恐懼，往往來自同一件事情。我們或許凌駕恐懼、超越恐懼，或是繞過恐懼，在生命中旁生其他的枝節——這些，都給人一個墊步，一個借力使力，走到今天。

時至今日我每每下廚，拿出刀砧，心裡還是害怕，討厭切割帶來的不可逆的物理變化，以及鋒刃過去靜置三秒才開始銳痛的皮肉以及滴落的血水。在辦公室裡也討厭列印紙邊緣割人，每每拿遞文件，都得像拈花一般謹慎，以免下班回家手上多了道不知何時割出的口子，想咎責還真不知道該怪罪哪張紙、哪個版面。想起名廚名醫，或是那週週和我交換祕密的同學，是在握取力量之時，同時也握取多少恐懼。那些鋒利都在手上藏成一道道傷口，隱然不為人所知的印記。

＊メス：日文「手術刀」，外來語，醫療劇中常見。

四二 菜單

菜單像一份問卷，總在考驗我與他人的關係。

比方與朋友聚餐，知道有人屬於抉擇困難的猶豫型，我得多花點時間越俎代庖地代替店員推薦某道餐點，某項前菜，搭配套餐還有甜品跟飲料，費盡唇舌，等著對方，最後卻選了我完全沒說到的菜色。也有朋友是速戰速決者，不太考慮他人想法或用餐時間，看完菜單趕緊召來店員點餐，多想無異，就像急忙交卷的同學，早早離開考場，留給其他人無盡壓力。跟父母用餐時，父親老是會說你點什麼我都吃，接著就放棄人生毫無意見，母親緩慢的拿出老花眼鏡戴上，看完一輪又沒意見，說著：你們要吃什麼就點啊，主控權到我手裡，難免又要思考炸的油的高血壓父親不能吃，太甜的太鹹的代謝不好的母親不能吃，還得想著母親等等又要跟我一路自座位打詠春拳到櫃檯搶著結帳，就又不能點得太貴。

跟男友一起用餐，一樣遇到菜單問卷，彼此還是會互相拉扯。雖然已經當慣了聽眾、萬事配合的自己，遇到口腹之慾，吃食大事，還是會斤斤計較起來，非當季不吃，廚師功力不夠不吃，細節不夠用心不吃，明明不是什麼饕客，也沒有絕對的味蕾，挑剔得還是讓男友總想在餐後放置叉子湯匙於椅子下假裝是米其林神祕客來過。於是怕一道菜壞了一餐，一餐飯壞了一天，更怕我吃完之後會抱怨著說，下次我絕對，絕對不會再走進這家店了，遂氣沖沖走出。點菜時，他總要問我意見，要麵條還是要米飯，要雞肉還是豬肉，吃不吃甜點，要不要飲料。

起初覺得男友事事尊重我意見，後來隱然感到彷彿他挺害怕我怨怒似的，但偏偏這樣的退讓諮詢，不免讓我覺得更加生氣。

我總會記得，年輕時的父親總愛擅做決定，約了哪個有喜事的親戚，紅包包了多少，週末要去哪玩，開車時風風火火地切換車道，在車中連罵三字經五字經說著不會開車的都是別人，總是惹來母親一句兩句勸阻或怨懟，怎麼沒問過我意見？開車開太快啦！直到鑽小巷時沒算好車寬和車距，太有自信地踩著油門過去，結果刮到兩側車子烤漆都有了條紋，防盜器震天價響，自騎樓一左一右衝出來的不是什麼少女兒童團體，而是兩位高矮胖瘦各不相同的兩位大叔。母親見狀不禁整個環太平洋火山帶都爆發：在車上罵最會啦！下車去跟人家罵啊！我看你多會譙那些有的沒的！最後仍是母親下車賠罪，兩方大叔看著車外母親孤身一人低聲下氣，車內父親卻連個籽都不敢吐一個，只好大人大度地放她一馬。

自此父親對諸事少有意見，在外總要說：問阮某、問阮牽手。父親笑著的老臉，旁邊總有一張嚴肅而緊張的母親的臉，彷彿隨時都要出手出意見，但到底只是在一旁咬唇扭捏，把話語自喉頭又吞嚥回去。幼時的我疑怪著：母親既然想說話何不直言？總要讓家裡的男人代替她說？而父親彷彿也不是真的尊重母親意見，只是害怕紛爭、不沾鍋似的拋棄所有選擇權。於是有話不說，能說不說，至終兩端總是把翹翹板從中坐斷似的，兩人跌坐兩方，沒有誰高誰低，但也再不低起高落，一切就停滯在那，等到朋友親戚急急忙忙安排好所有事情，或接續對話，才把兩人從兩端扶起。

初初認識男友覺得好，溫和如他，事事過問。後來漸次也會不耐，總是在我決定之後才配合著下主張。一次出國至日本奈良，行前不小心因為運動而腳傷，一路上他問著，要從近鐵站坐公車接駁至奈良公園，還是直截步行走入？他分析前者省下一兩公里的腳力，不至於旅行多天走太多路而腿痠腳麻，也避免傷口摩擦敷料；後者省下排隊等車的時間和車資，悠然散步也是種自在。沒有太多出國經驗的我無法決定，只是慢慢走著，沒多回應，只說你決定好了。男友以為我鬧著脾氣，上前追問，這才不小心點著了我的怒意：在你眼裡我是很容易生氣的人嗎？

我們鮮少吵架爭執，主要是兩人都不愛，他覺得吵架沒有效率，我不愛情緒有太大波動。唯獨這次，我印象深刻的這天是個楓紅杏黃的日子，天空藍得像想像出來的乾淨明亮，來到奈良的人們都好開心地往前，再往前，走過縣政廳、美術館，終於來到東大寺，買鹿仙貝後鹿群就自動圍上來直截了當底咬走手中的食物。想來動物心思不拐彎，不替他人著想，覺得可愛又可憎。我才替著那個處處為我著想的男友，在心裡說了抱歉。

只是返國後，我們每每出外用餐時仍會為點餐一事不停協調，先是討論彼此的意願，而後試圖在不同搭配和折扣裡找出兩人都滿意的組合，點了一桌什麼都有的菜色。儘管偶爾我也想當個廢人什麼都不想什麼都不決定，就像他下班後眼前就有一桌我煮好的菜肴般什麼都別問，開吃就對了。

但果真如是，何須伴侶？習慣單身一人，就沒有這種困擾了吧？我偶爾會這樣想，但卻常常在什麼都想要的菜單裡，瞥見貪婪的萬般形狀：蘿美葉形、鴨肝形、刀削麵形、燉飯形、檸檬塔形、西谷米形。人如其胃，但凡有形即有限，一個人用餐時望著別桌的家族情侶朋友，總要妄想著如果我拿著湯匙叉子過去，問他們一聲，嘿，可以交換一下餐點嗎……

四三　我與我自噬的宇宙

諾貝爾獎頒獎了，工作時，在報社裡的新聞資料庫中，我看著醫學獎得獎者的科學家大隅良典抱著細胞自噬的研究照片，一頭白髮白鬚對著鏡頭笑。照片裡的細胞把自己包了起來，就像一個又一個孤立的宇宙，各自運行著某些機制，默默地走著一條不為人所知的路。

那些是正在自我吞噬的細胞，它們正把自己用膜蛋白包起來，並把自己送進融酶體的嘴裡分解，變成再次被利用的能量。科學研究也有所謂時尚，每個年代都有引領風潮的領域，細胞自噬這個主題原本不受當時的研究人員重視，當時的人們正忙著研究十九世紀底的倫琴從陰極射線時意外發現放射線，後人就陸續研究如何將放射線應用在醫學上。像是將放射線穿過身體，醫學就像有了透視眼，不必動刀就看得見身體的異變；抑或是將放射線一放進人體，不分青紅皂白的灼燒人體細胞，就像一八九六年的貝克勒取得鐳鹽時，興奮地放在上衣口袋，卻把自己的皮膚燒至潰爛，這場意外讓後世醫療人員研究並懂得控制這樣危險的奇蹟。

兩場意外促成世上一種新事物的發見，當年的放射線除了被用來拍攝人體影像、治療癌症，甚至被用來除毛。X光，這樣未知的X讓不少科學家像昆蟲般趨光地往射線裡撲，但不願迎合大家的大隅只是在留學歸國後，日日用顯微鏡觀察酵母菌的液胞，看久了，竟也看出自噬作用的端倪。

大隅是怎麼知道他所投注的心血不會變成空無呢？科學，醫學，或者都是一場豪賭，未知的事物既是未知，那又怎能期待人類某天會開關突然被打開，像宇宙初生一般發現各種事物，指而稱名？或者大隅真的接受到神的暗示，像是做了一場細胞包膜將自我包覆的安靜的夢裡。

「去做沒有人做的事情，是很快樂的。我所走的路都是很細很細的，但小小的發現，能造成大漩渦。」

那樣純然相信自己正在對的道路上，只看著顯微鏡下的世界。顯微鏡外，別人不知道那樣的背影，看著大隅時，一定覺得他很孤單吧？

我曾經在辛亥租一間套房，白天去動物園打工賺房租，下班後回住處寫畢業論文。那是一段不跟任何人交談的生活。

動物園工讀生的工作內容非常簡單，一隻手幫遊客撕門票，另一隻手點機械式的計數器，同時說著不經大腦的幾句話：您好，這邊幫您驗票。如果買了優待票，就只是需要多說一句：請出示優待票證件。門口還有悠遊卡的購票方式，只要感應票卡，就可入園。許多時候我常覺得自己就像美妝店或超級市場門口的感應式語音系統，自動講著您好歡迎光臨掰掰謝謝惠顧，遊客與我都不是有表情的人，千萬種緣分，這種最淺，錯身而過，又不想知道你任何資訊，頂多只是知道：你是翹課來的高中生（於是穿著制服買了半票被問到學生證時還反咬一口：我穿制服不知道我是學生嗎）、你是好不容易放假陪女友來玩的軍或警（神經緊繃得要查驗證件時毫不猶豫一秒鐘動作掏出皮夾翻開軍人證警察證臉上帶著一臉榮耀）、你是長得不夠老但是老得可以買優待票的（看了證件只得客套說：真不好意思看起來一點也不像老人啊博取老叟歡心）。

動物園入園人數假日上萬，平日上千，但冬天寒流來時，包括送便當的、紀念品商店員工、門口賣動物帽子氣球進來借廁所的小攤販，加一加至多百餘人。排班表時，我都會挑明了卡平日的班，到底平日多半大學工讀生都要上課，所以平日時，冷清的動物園門口常是我一個人站著，在十度的寒流裡，流著鼻涕，看著對面的雲卡在山頭上。

在捷運末端的城裡，我一個人守著門口直到天黑，回住處之後，繼續寫著畢業作品的小說。寫著受人喜愛的網紅發現自己性冷感；年輕的書店店員其實一點也不愛書只是喜歡被包成有文化素養的樣子；寫著一個曾經熱衷積極參與性別平權運動，後來步入關係，甘於平凡，忘記當初的自己曾是為了理想走上街頭的積極人物。

以往的男友A看著我的作品，翻開第一頁就打呼嚕，等他被自己的瞌睡晃醒時，他說，對不起啊，我看不太懂。我想這不是他的錯。後來我把他的形象寫進了小說裡，變成一個總裁，也是一個植物人，一開始我並沒有想太多，但也許是潛意識的安排，他就像是永遠睡著的一具身體，替我鋪好了生活的樣貌，卻走不進我的思考之中。

我們之間永遠有一種醒與睡的隔閡。

我常常懷疑，到底睡著的是誰呢？也許是那個在自己心裡構築世界的我，才是睡得最死的，永遠不會醒來的，畢竟，有許多他，都說過一樣的「不了解啊」這樣的話，卻能了解我在生活之中的習性，像是吃東西的口味，一天要洗兩三次澡，除了思考時看起來很精明，其他時間卻都是個天然呆的小獸。

我是不是也在專注在自己的顯微鏡底下，看著自己切片下來的世界，看見自己把自己包覆成一個膜，把生活的自己消化掉，送進墳場，而轉化出來的文字究竟有意義嗎？此刻我看不見答案，或者有一天我會發現這些字都會變成失序的熵，散佚在雲端主機裡。

但大隅是快樂的，我卻常常患得患失，看著自己拚命思考人與人間的關係，好像想通了許多事情，但卻總是站在最邊緣上，冷冷地看著人群。

忘記是國中還是高中的畢業旅行，最後一天晚上舉行了營火晚會，承包的旅行社領隊和民宿的場地人員在晚會上帶遊戲，突然放了一首歌曲，九成九的人被領隊大哥哥大姐姐一吆喝，就像排演好的自動起身走向空地中央，手拉著手跳起舞來。當時我只覺得自己像被劇組擺了一道的演員，站在一旁不知所措，試圖走進那一群手搭著肩的跳舞人龍，但跳著舞的人們太高興了，彷彿一串緊密連結的分子鍊，如果要切開，恐怕不知道要花費多少能量才能扯開這群碳氫氧原子，真的要扯開，舞大概也不跳了吧。於是我訕訕走回人群之中，發現矮木叢一旁居然冒出一雙瞳孔，夜行性動物般從暗夜裡睜開眼睛，說：你看，好好坐在這，不是很舒服嗎？

他是一個本就不太參與班上活動的同學，經常在分組的時候神隱，最後總是能一個人做報告。我不回答他，只是望著其他同學開心的神情，他又補上一句：如果真的想，哪來這麼多自尊，你以為你是誰？要別人卑躬屈膝地把你恭迎去跳舞嗎？

你以為你是誰？我揣著這句話，默默地在角落生自己的氣。

多年以後，我突然想起這個畫面，那是在一個親戚烤肉聚會的場合上，我遙遙地坐在一旁安靜的吃土司夾烤肉，話題不知道為什麼繞到我身上，你研究所念什麼啊？你當替代役在做什麼呀？上次登在報紙上的文章我有看喔，什麼時候要寫我呢？

那時我只想逃跑，覺著自己有一些東西似乎很早就散落了，像是在動物園門口按計數器撕門票的時刻，我會因為一群特教班的孩子們第一次進動物園看動物的興奮而流淚，卻不能跟眼前爭論為什麼不能買優待票的一般人多說一句，只是像錄音機一樣播送同一捲內容——即便他們硬是走進去，我也不會為了某些不公平而伸手攔阻，只是默默地在心裡感嘆。

醫生男友說，其實細胞自噬這件事情已經被大家所知數年，只是在科學上，必得完整複製出同樣一套的結果，才能論證假說是正確的，所以利用時常來模擬人體細胞的酵母菌，完美複製細胞自噬的機制。而這樣的機制，要應用到治療階段，還有好長好長的一段路，或許有一天會研發出細胞自噬干擾帕金森氏症或是癌症的基因或細胞，讓細胞自動清除不好的物質，會比放射線那樣不分青紅皂白地殺光所有組織來得好。但那都是很遠很遠以後的事情了，我們此生也許看不到這樣的孤獨的意義。

有時我擔心男友會不會覺得我像個自我封閉的細胞，把自己送進墳場，賭徒般地汲取生命的殘存，可能只是幾枚籌碼。當我關起門來，像個局外人用顯微鏡檢視並記錄著人我之間細胞般的互動，我知道背後總還是有個他替我安置好生活，也許他也不太了解，也許最終他會拿著那些籌碼，當作最珍貴的東西。

四四 隨便煮煮

「早餐吃什麼」，我總是在傍晚時分，下班前，想著這件事情。

澱粉一份，蛋白質一份，乳飲品或優格一份，水果一份，昨日的菜色與今天的菜色儘量不重疊，於是花十分鐘上網搜尋食譜，蛋的一千零一種做法，蛋奶起司，蛋蔥起司，蛋萵苣起司，或者熱油熱煎變烘蛋，或者小火微波變歐姆蛋，加點鹽，加點胡椒，或者抹上糯米辣醬給點刺激。若是做蔥蛋得佐包子，若歐姆蛋則香草巧巴達，於是辦公桌前，離下班還有十五分鐘，我一邊趕進度早早發稿給作者繪者稿件，在上傳下載的空檔之間遊魂出去辦公室外，市場裡的點心鋪？還是市場外的日式麵包店？小巷子裡的小菜攤不知道有沒有便宜的青蔥，一條五元的紅蘿蔔還有存貨嗎？下班前的騷亂時刻，打電話的，洗杯子的，員工早早收好背包正在關機，俟時鐘到刻起身打招呼走人，另一頭同事打道館去、接小孩去、看電視現場新聞的、聊天、用餐、吃雞排的，只有收稿發稿的還焦急地在座位上滿頭大汗。「早餐吃這個吧」，我擬定菜單，發出工作信件，關上電腦螢幕，打卡下班，最後一句臺詞是回應大門禮貌非常的警衛杯杯的招呼，掰掰。

鏡中人走出鏡外，終於可以去控制那些懸在心上的事物，線頭抓在手裡，這頭拉拉，那頭拉拉，確認一切無誤。從家中脫身，選擇另一種人生，就有另一種承擔，想自在的跑，得看雙腳能跑多快；插了翅膀想飛，也得珍惜羽毛。自由一詞本身就自我矛盾，自由有極值，我選擇而成自由。於是小菜鋪裡沒了大蔥，只能買被雨水漬透的短蔥；市場外麵包店沒有香草麵包，只得走進市場買蔥花捲。買蛋最難，超市洗選蛋一盒四十到五十元間，高價衝上七八十的亦有，總是一盒十顆太多，吃不完，冰久怕壞，怕不新鮮，只得到小菜鋪買四顆小白蛋，一路護送擠上捷運，擠下捷運，常覺得護送這二十元的四顆蛋，比護送千元鈔票的四個小朋友要難得多。

曾經和朋友討論買蛋，朋友問：一斤三十三元的小蛋，和一斤三十六元的大蛋，會買哪一種？我回答：難以回答，要考量的事情太多。冰箱容量和冷度能保蛋多久新鮮？男友和我兩人吃蛋幾許？兩人有沒有時間下廚？這個月的公費預算？有時看蛋價若跌則多買，若漲則少買；有時又要看心情，吃慣白蛋偶爾也想吃有機紅蛋，左拉右扯，說不出好壞，只是覺得自己像新史學派者，要爬梳歷史的史學家不能只是史學家，同時得要是地理學家，法學家，科學家，心理學家，經濟學家。

是了，分門別類是一種盲，蛋自雞舍到餐桌，牽牽扯扯太多人為學門思考，但蛋就是蛋，打進碗裡一攪，一種顏色。

有時清晨醒來，男友還安枕夢寐，我睡眼惺忪起床，從冰箱拿出昨日下班買的食材，一邊蒸起花捲，一邊挑揀能用的蔥，挑完了，整株蔥也就算完了，中用的也就芯中幾根，切碎，起油鍋煎蛋、撒蔥花、鋪上起司，捲起。花捲、蔥蛋、燕麥優格、手沖咖啡，心裡總覺得還不滿意，太多妥協，總覺得少了什麼。

男友起身下樓，從背後抱抱我，說，謝謝你準備早餐。

我說，只是隨便煮煮，用以掩飾自己心虛——怕對所愛，不能盡善，如此虧待。

一桌早餐，只是隨便煮煮。

5

他鄉

故鄉是一次的，不能選擇的，我曾經背棄它，

也是在背棄後，才了解必須負起的收拾責任。

這次，我負起選擇的責任。

四五　我有很多朋友

我有很多異性戀朋友，我說不出他們共同的特點，相對地他們會說我比較細心，同時擁有男生跟女生的觀點，有些女生會來問我男生怎麼想的，有些男生會來問我女生怎麼想的，其餘的時間他們都不問我怎麼想的。但其實我想的就是我想的，不代表哪一方想的。

我有很多異性戀朋友，我時常羨慕他們的人生有一條便捷的路，不必證明自己什麼就能活得很安全。高中老師曾經對我說：你應該要比別人更有獨立的能力，才能去爭取你要的東西。我知道她很擔心我，但我不明白，為什麼我得比別人努力，才能正正當當的活下去。

我有很多異性戀朋友，在被問到有沒有男／女朋友的時候，應該只有單身的人會感到尷尬。當我被問到有沒有女朋友的時候，無論我有沒有男朋友，我都會感到兩種尷尬。單身時的我會想：我沒有女朋友，但我並不特別想要女朋友。或者，我沒有女朋友，但我不知道我該不該告訴你，我有男朋友。

我有很多異性戀朋友是老師，教過很多小孩。我也曾經教過很多小孩，現在還常常在帶小孩。我有一些異性戀朋友討厭小孩，他們說：小屁孩麻煩死了，我一輩子不要生小孩。但我想不是所有異性戀都這樣，至少我朋友的爸媽不是，不然沒有我的朋友。

我有很多異性戀朋友是成功的父母，也有一部分是失敗的。我想，要當父親，或是母親，好像只跟他們個人有關，要不要溝通，有沒有耐心，跟他們是不是異性戀，沒有太大關係。

我有很多異性戀朋友——其實，我是不會這樣說話的，因為朋友就是朋友，一個人的人生關乎個人，其他的，都是構築自我的一部分。

高中老師曾經對我說：你應該要比別人更有獨立的能力，才能去爭取你要的東西。我知道她很擔心我，但我不明白，為什麼我得比別人努力，才能正正當當的活下去。

四六 好好照顧自己

清晨陽光灑進浴室，我轉開熱水，細細清潔著晨間運動後的身體，讓光和水交疊在溝壑上，檢視著每一吋皮膚。

持續運動的十多年來，總是有這樣的安靜時刻，重訓或十公里慢跑的日常訓練後，在心臟脈搏和血液像細小的溪水汨流都漸緩的片段，我會檢視自己的身體這具皮囊，它像一個歲月的片語，至今念起來再也不鏗鏘有力，只是試著把尾音拉得漂亮而整齊。醫生男友總會輕輕撫觸，從腰腹到腿肚，訝異地說怎麼可以一點贅肉都沒有的這具皮囊——這是年輕的時候總會在意的自己的身材，到了醫生男友從身後環抱的，這個時刻，身體變得不是追逐眼前自己想要的形象，而是為了某些更長遠的事物。

一回沐浴時摸到自己下腹，在腹肌和表皮之間有一處淺層疼痛，疑是有腫塊，心裡就起了焦躁。晚上醫生男友用手指按壓搜尋，說，倒也沒什麼事，如果這麼淺層可能是被外物壓迫太久造成的疼痛，至多也就是脂肪瘤，不放心的話再去做超音波或斷層檢查。醫生這麼一說，我抬頭看看掛鉤上褲管穿過的喜愛的藍白相間皮帶，隔日不穿皮帶，疼痛果然消失，連腫塊都不見。

掛心與家中的掛鉤一樣，掛著一些喜愛的事物，心懸在那裡，便是一句成語，提心吊膽。

和醫生交往是好事，也是壞事。好事是，我假想著將來有一天如果我生了重病、發生意外，或者嗜吃甜點導致高血壓心肌梗塞，醫生身分的他就在身邊，要急救要處置，一句話一個小動作都比旁人因為焦急而失去理智近似瘋狂的判斷有用得多。但壞處是，如果角色換過來，倒下的是他，我不知道自己當下懂不懂得急救，從小學到大的ＣＰＲ，從小親到大的安妮，從叫叫ＡＢＣ到叫叫ＣＤ還是叫叫ＣＡＢＤ，會不會都像是在一群學生對於親吻的想像和當兵時對異性充滿歧視的嬉鬧般只是一場起不了任何作用的遊戲？

一次和母親簡短得像是ＱＡ時間的聊天。那是某次回家，她對我問起醫生男友，口吻就像身家調查一樣：他幾歲？家住哪裡？哪一科的醫生？身高多高？

長得怎樣給我看看照片？最後問到幾個兄弟姊妹，我如實回答，一個姐姐，母親皺眉，一陣沉默。我知道她擔憂的事情，身為母者永恆的掛心。

隔天臨了要出門離開，我關上鐵門，母親又打開鐵門說：好好照顧自己。並看著我下樓。

好好照顧自己，我心裡再清楚不過這件事情。

年輕時和人交往，熱情滿到無法抑制，怕抓不住未來似的趕緊說出許多承諾，年輕的時候談的果真都只是戀愛，戀者思慕，思慕是美好的想望和投射，不是全然承擔，一發現自己無法接受現實，除了怒目相向彼此指責，或是冷淡甩開不睬不眄，忘記自己總共說了幾生幾世要在一起，真要算起來，賠不完，又還不起。但到了今日此時，關於愛，擔心自己說得太多，實行的太少，於是不講，多做——要自己多運動、多蔬果，少油炸，少熬夜。醫生男友呼吸道敏感就燉蓮藕、削水梨；嘴破就幫他買牛奶、買米漿，杞人憂天地怕口內炎久不癒合反覆發作變成癌；假日抓著他散步爬山，不是淺薄地在乎他的身材，只是擔心他總悶在冷氣房裡，久不見山林草木，代謝出了問題，心情也差了，爾爾，我總想得太遠太長，為了防止尚未設想過的未來猝不及防地撞上自己，於是心裡的算盤算珠撥弄到好幾個平行時空裡，處處都有自己下的一著棋。

但生命絕無可能被算盡，是只能盡力於此，剩下的，一個普通人如我也無法扭轉局面。想起十年前的自己曾經參加遊行，爭點權利，爭點空間，現在工作忙碌，只能看著法案在立院裡還只是起草，我不知道該相信哪一個政治人物，只是大家各擁其利，贊成或反對，是不是都是他們各自掌握選票的一種操作。我像極了那些長輩口中不關心世事的晚輩、草莓族、e世代，聽著那些大聲推翻的甲法案結果是掩護乙法案過關，聽著那些一個個無能為力的人最終以各種形式死去作為抗議的消息，我在日日新聞來消息去的報社公司裡，電腦前，覺得自己彷彿失聰似的對這些訊息起不了任何感覺。

不是沒有感覺，而是，我常懷疑文字（如同懷疑自己的存在般）能起多少作用？除了大家厭聽又愛聽的攻訐和謊言，其餘的真心的，彷彿只會被各種形式埋沒——變成臉書上被洗去的動態消息，變成沒人看的報紙上的一塊版面，變成文學獎的合輯並收進圖書館裡再也無人翻閱。

一個晚上和男友聊天，他說他十分欽羨像我這樣的人，可以不顧他人眼光，對自己父母、朋友、公司都坦然說出自己性向。我說，我寫了那些文章，有時僥倖地獲獎，親戚長輩都知曉，特意買來報紙一讀，但即使文字再真誠動人，老師前輩的評語怎麼褒揚，那些長輩親戚也多是不聞不問的，我知道的也是有人還偷偷私下問父親、母親，我有沒有可能「變好」。只有小舅舅在上回中秋來訪，願意在熱炒店裡和我喝啤酒，閒話家常，其餘的，我都沒見過了。

我寫下的文字，引來的到底是了解，還是更多的排斥呢？

男友說，在醫界裡恐同者更多，於是許多在醫院裡的醫生藥師護理師們都噤聲，唯恐自己變成白色權利巨塔裡因此事被攻訐抹黑甚至犧牲掉的那一個。醫界如此，其他領域也不遑多讓，為了爭權奪利，每個人都緊盯著彼此，想的就是抓住別人的小辮子，用力扯掉。

難以想像吧，他問。是啊，難以想像，高等教育並不教平等、愛、人權。而人性的惡仍然在那裡。

那夜我輾轉難眠，覺得自己能安穩的在和他共同築起的小小的窩裡一起生活，這份安穩多麼卑微、又多麼僥倖。但也只得催促自己和男友趕快睡了，超過十二點了，子夜交替，氣血依序要走膽經、肝經、肺經、腸經，身體正在修復損壞的細胞。我不知道我身體裡的基因組是否與生俱來就有癌症變異，只得讓自己避開致癌物、避開病，以免未來的未來某天，我們任一方會意識不清地躺在床上，而另一個人卻無能為力。

關於愛，在空氣如此稀薄又苛刻的現世裡，每每跑步運動時，大口呼吸——能做的就只是這麼少少的幾件事情：好好活著，身體健康，餘下的不敢多想，不敢多說半句承諾，每天早上醒來，看著他從安穩的睡眠中緩緩甦醒，只問：睡得好嗎？用這句話，取代掉千萬句我愛你。

「畢安生和同性伴侶生活三十五年，後來伴侶因癌症住院，看到伴侶的家人要求醫院替他的伴侶戴上高壓呼吸器，將氧氣強行打進肺中。李晏榕臉書上提到，畢安生看到失去意識的伴侶痛苦掙扎，心痛無比，但兩人在法律只是不相干的陌生人，當他的意見跟家屬牴觸時，院方只能聽從伴侶家屬的決定，最後畢安生只能黯然離開醫院，希望記住和伴侶一起度過的美好時刻。」

——中央社 2016.10.17

四七　「不好意思」

我常常對別人說著不好意思，即便是該理直氣壯之處仍習慣卑辭以讓。於是常常說出：不好意思你插隊了，不好意思請讓下車的乘客先出車門你再上車，不好意思這是我買票的座位，這類低三下四的話語，彷彿再下一步，我就要為自己未曾犯下任何錯誤的錯誤道歉。

總是覺得放軟姿態好溝通，尤其在這個處處充滿稜角，隨時轉身就要跟別人摩擦的環境裡，偶爾我都擔心自己過分理直氣壯，會不小心傷害了，或許只是一時錯認位子的觀影者，或是因為雙腳不便而急著上車找位子坐的老夫老婦，他們總有他們的原因。

我骨子裡，一直都是個鄉愿而無是非的人。

不太願意與大人們摩擦的自己，寧願自己承受孩子們所作所為裡的天真無心的話語，於是自服役時，往後日子參與的工作都與孩子有關。一年多前開始參加說故事志工活動，先是報名了甄選，現場面試，念一小段故事聽聽口齒和聲音，提供工作背景等資料供老師審閱，最後接受教育訓練，被分派到圖書館進行見習、試用，最後成為正式志工，領有志工證明，跟著同個分館的志工老師分配值班，固定陪伴孩子一段時間。

大半參與志工活動的，都是行有餘力或是年屆退休的長輩。我在新的分館初來乍到，總是被其他好奇的志工或是家長問著：好年輕啊，你是做什麼工作的？怎麼會來參加志工呢？之類的話題。人與人之間的交流和好奇很正常，我也不意欲想閃躲什麼或是覺得厭煩，可以回答的就回答，不想回答就拒絕，別表面虛與委蛇，卻在心裡抱怨不停。

但最後，那個問題總會出現。

一次親子共讀的大型活動需要更多人力，其餘未排班的老師各自忙碌，無法支援，我便義無反顧地到場幫忙，彷彿是自己的事情，自己的孩子一般。主導的志工老師規畫的活動非常精采，她將活動分成兩個區塊，把家長跟孩子暫時分開，由她帶領家長講解如何與孩子共讀和相處，另一邊則要孩子把自己對爸媽的承諾和期許寫在小卡片上。我負責帶孩子寫這些紅色卡紙製成的小卡片，剪成愛心的形狀，貼在竹筷子變成一朵小花，插在用泡棉跟冰棒棍自製的小花圃上。

時候到了，我帶著小朋友進教室裡，久候多時的家長們此刻卻像孩子一樣，在椅子上坐立難安，雙腳不停晃盪打轉。孩子拿著自己的愛心小花圃，站在教室白板這端；家長一個一個輪流，從教室尾端用著可愛而輕盈的步伐，像一首小情詩般地走近小孩。我看著孩子的表情，像是前世的情人到了今世又朝著自己在萬籟俱寂中走來，只聽見自己心跳的聲音般羞澀而雀躍。參加的家長中除了父母，還有帶著孫女來的爺爺，以及受隔壁鄰居之託同時帶了自己和鄰居的小孩來的媽媽，家長們，以及充當鄰居孩子的一日家長，都輕輕地觸摸孩子，用眼神說話，孩子也得鼓起勇氣念出自己對家長的承諾：我會乖乖的，我會變成好孩子，我要做個有用的人，我愛你。

他們相擁，像一輩子都會記得的互相擁有。旁觀者如我，都深覺自己未被撫觸的身體被深深擁入懷中，也在心裡說出了自己當年未對父母說的那些，埋在時間裡的話語。

活動落幕，孩子們，以及曾是孩子們的家長們滿意地離開了。我常常在心裡偷偷揣想，若是自己的參與，能替他們之間的圖像補筆，填一點美好色彩上去，將來在失去時，仍記得有一塊愛心般的紅色曾在某個角落裡鮮豔著，不至於一片黑白，那該是多好的一件事情。

每次的活動後，幾個志工老師總是會聚在一起討論，算是開檢討會，也是情感交流，這次也不例外。負責協助的館員和志工老師一邊說著今天哪個孩子表現特別優秀，哪個家長特別有趣，像是帶著孫女來的爺爺，年紀越大，越像個活寶似的，膝蓋骨還強健有力地一邊靠近孫女，一邊跳起俏皮的舞。

但志工活動終究跟某些事情不同，我們權當志工，其實，也是想讓自己塵封已久的天真與孩子的共鳴。那個「總會出現的問題」，其實就是「自己生養孩子」，館員與志工老師早已身為人母，二十年前館員早已是媽媽館員，而志工老師早已是媽媽志工，她們彷彿彼此之間有一種默契，對彼此傻笑。還對著正在低頭寫紀錄簿的我說：等你有一天結婚生子，也就明白了。

我思尋許久，抬起頭，誠實地說：不好意思，我不知道自己有沒有機會結婚，生小孩更是有點難以達到的事情了。

我對她們坦白自己有穩定交往的男友，有未來的人生計畫。實際上倒也不是刻意隱瞞，我總想這也不是見了誰就要說的事情，就像其他人也不會見了別人就要說自己正在死會中，多奇怪的舉動。然而館員與志工老師並沒有特別驚訝，反過頭還向我道謝，說自己覺得被重視了，願意被交付心事。

那天，彷彿一直就像是跌坐在一種粉色系的柔軟裡結束了。

隔日，志工老師傳來了訊息，除了再次感謝我的直白，另外說著：其實你不必加上那句「不好意思」，這沒有什麼不好意思，你就是你，與大家相同，對人有愛，對孩子有愛，所以你在這裡。

我真希望，我能早一點聽到這句話，不必這麼不好意思地活了幾十年。

若我是當年的孩子，能遇上這樣的志工。

生活不會突然翻盤，要溝通的，要煩惱的，
還存藏在每一個家庭裡，那多年來刻意迴避
而忽視的地方，等待人們怎麼清疏，整理。

四八 有實無名

司法院釋字第748號公布，宣告民法未保障同性婚姻違憲，幾件事情同時發生：我在辦公室工作，想著明天早餐要準備什麼；醫生在醫院裡值班打報告；說故事志工群組裡一位忿忿不平的家長傳來新聞臉書投票連結，鼓動大家要去投反對票，名目是「不能接受釋憲結果，違反倫理」，接著馬上被群組的管理者勸導，群組內僅能討論說故事志工相關事務，請不要討論不相關的事務。

回家後我照舊開始處理家務，在梅雨的日子裡洗滌衣物，接著在河濱冒雨夜跑，我總在猜想訊息群組裡，除去轉貼連結的家長，和出面阻止規勸的管理者之外的五十多位志工，沒有發表任何意見，大抵也是知道工作群組成立的意義和潛規則。只是不發表意見的背後，他們在想什麼？是像那些戴著墨鏡撕紙抗議的人們一樣，還是覺著釋憲結果理應如此而欣喜，或者像我一樣仍照舊過著生活，還來不及思考其意義。

男友值班後回來已是深夜，沐浴休息，他和我兩人已經接連數週週末沒有休息，除去工作日外，他週末有病例要研究、有學會活動。我則拖著腸胃炎病軀，參加志工進修課程，隔週在市圖分館帶孩子聽故事，做勞作。躺在榻上的我們很快就睡著，沒有討論釋憲一事，不像臉書上我的同溫層歡喜地轉錄結果、歡喜又有一點冷眼看外媒不知該稱臺灣是國家還是地區、歡喜地立刻跟自己伴侶求婚、更改感情狀態為訂婚或已婚、設計師幫忙做帖子彩虹半價或仍照市定價格、且挺同的異性戀朋友們說著哈哈你們也逃不了被逼婚了啦。

睡前一刻我腦海裡閃過，或許有多了許多件事情要面對，或許不會，或許這是過分浪漫的煩惱：如果真要結婚，要怎麼求婚？或要怎麼接受求婚？如果結婚談不攏會不會影響感情？那種隱而幽微的，好像只存在在異性戀情侶之間的煩惱，莫名跳進我的思考清單當中，儘管成長到此刻的我並不會為了結不結婚、在不在一起而影響到自我的完整性。但這樣的煩惱在繁忙的生活裡突然輕微又有點明顯地出現，像一根羽毛輕輕搔著心底。

大學在歷史系旁聽時，教授常常在上課的時候說，一個時間點上的事件發生之前，已是許多事件的累積。一個事件在時間點之後，世界不會通盤地改變。隔天睡醒，我照樣準備早餐，聽新聞，出門前的擁抱和叮嚀，生活有實無名，早在釋憲之前發生。

上個禮拜替孩子選的新聞照片，我特意選了國際籃球協會修正比賽條文，讓球員得以佩戴與宗教相關的頭巾上場比賽，表示對不同文化的人的尊重；另一則是澳洲國會議員Larissa Waters，帶著她的女兒，在國會殿堂裡直接哺乳。

多年前，澳洲已經有議員在國會中哺乳，但是卻被請出國會議場外。在多年的推動，以及參照歐洲國家的經驗，去年澳洲終於修訂相關法案，准許下議會議員在議場中哺乳。這次在國會中哺乳的Larissa Waters事後在臉書上貼文表示：我的女兒餓了，我身為媽媽，哺育她是天經地義的事情。工作環境需要對親職友善，尤其是像現在的環境裡，很多家庭都需要雙方的共同努力，才能維持家庭的正常運作。因此，我們的國會除了需要年輕的女性，還需要更多不同階層背景的人，像是LGBTQIA、原住民、殘障人士、甚至是新移民，有了這麼多不同的人，議會才不會制定出對少數群體不利、甚至是把他們汙名化的律法。

臺灣在二〇〇〇年已經制定公共場所哺育條例，公司、公共場所、營業場所都該設置集哺乳室，而婦女在公共場所母乳哺育時，任何人不得禁止、驅離或妨礙。但在實際生活中仍常見許多地方並沒有乾淨整齊的哺乳室，媽媽們也有點懼怕他人眼光，總是得躲到廁所或角落，才能替自己的孩子餵乳。

法令政策制定得早，但在現實中總是影響得晚。釋字第748號公布後，生活不會突然翻盤，而在該請誰設計喜帖或是紅包要回收之前，要溝通的，要煩惱的，還存藏在每一個家庭裡，那多年來刻意迴避而忽視的地方，等待人們怎麼清疏，整理。

"We need to work towards flexible, family-friendly workplaces and affordable child care for all working parents. Especially now that many families have to have both parents working to make ends meet. We don’ t just need young women in Parliament, we need people from different class backgrounds, LGBTQIA and Indigenous Australians, people with disabilities and people from our many migrant communities.

If we do this, our Parliament will be less likely to make laws and decisions that punish and even demonise members of these groups."*

*引自〈Larissa Waters：為什麼我要在澳州議會上哺乳〉

http://www.sbs.com.au/topics/life/family/article/2017/05/12/comment-why-i-breastfed-australian-parliament

四九 卡片

歲末年底收到不少人的卡片，工作上的，朋友的，應酬的。其中一張的字跡非常可愛，像孩子一樣，是從BBS一路閱讀我到這裡的朋友，寫著自己的生活都碰到瓶頸，似乎都在某個交界處迷路。他問：不知道你對今年還滿意嗎？我回信寫著：

「我們什麼時候可以評價自己的人生呢？或者『評價』永遠都不是自己給得起自己的吧？

曾經吃過廉價蛋包飯，先把飯加上番茄醬、火腿、三色蔬菜炒好，放到煎好的蛋皮裡，小心地，不把蛋皮弄破的包起來，撒上洋香菜屑，又是淋上一大坨紅彤彤糖鈉含量都過高的番茄醬。小時候吃，真是美味極了，那時的美式餐廳仍很少見，一家子會點上一盤炸雞、一籃薯條，以及一盤蛋皮包炒飯配可樂的。長大吃到一刀劃開，軟嫩的蛋就裹滿白飯的歐姆蛋包飯。那麼，小時候嘗到的美味，那坐在椅子上都要彈跳起來的欣喜，就不算數了嗎？你對今年還滿意嗎？有一些自己從期望中散落，也曾經無意撿拾到一些自己閃亮的碎片，但只是毫不在意，就覺得它不存在。我想，或許再過一陣，你並不覺得今年讓你倦怠，再過一陣，也許你會看見今年的自己，也許在某個地方閃閃發光。」

寫卡片，似乎都是在寫給自己看似的。

男友與我都不是喜歡刻意過節的人，若是朋友相邀，我們很樂意一聚，若大家都沒空，我們通常會宅在家中，如同普通的日常，轉電視臺時看到跨年節目的倒數，靜靜看著大家熱熱鬧鬧，他對著我，或我對著他說：這麼快又過一年了。這麼快又過一年了，真好，此時我正洗著兩個人的酒杯，用小碟子準備果乾堅果，倒兩杯梅酒小酌，身旁坐著的是他，真好。

這麼快又過一年了，有點不好，我迄今還是沒有想到未來的未來，我自己究竟做好準備了沒，如果得一起相伴著面對病老和死亡，我未必有自己當初選擇所愛時的勇氣。

選擇的勇氣，與承擔的勇氣，這兩件事情，似乎很難衡量比擬。或許當下擔心的都太早，我已知的就是我所未知的還很多；未到此境地，人不知道將會踏出怎樣的一步。

但我曾思考過這件事情，並承認，關於愛與承擔，自己還沒做好完全的準備——這就是我唯一做好的準備。

你對今年還滿意嗎？有一些自己從期望中散落，也曾經無意撿拾到一些自己閃亮的碎片，但只是毫不在意，就覺得它不存在。我想，或許再過一陣，你並不覺得今年讓你倦怠，再過一陣，也許你會看見今年的自己，也許在某個地方閃閃發光。

五十 辭職

遞了辭呈。

不太清楚大部分的人遞辭呈時的心情是什麼，是開始要為接下來的生活發愁了？還是為自由歡呼？或者兩者都有，像食物一樣，鹹鹹甜甜才是真味，悲喜交集也是本意。只是在遞辭呈前我反反覆覆，就像一個想要離開卻又不敢跟情人開口提分手的怕事者，辭呈列印好又撕掉，說服自己是離職原因寫得不夠周延，隔天想想不能再拖延了，又重印一份，一點也不意外地發現錯字又撕掉重來，最後終於遞交出去，小主管沒意見，更上層的主管們約談了。其實清楚明白不過，這算是一份還不錯的工作，但，無論如何都無法說服自己，儘管口中對上層主管坦言「無法接受公司與我無法一起成長的感覺」，心裡實際想著的是「不能再這樣下去了」，原因太複雜太多，理性再一次戰敗給看不見卻決定多數事情的潛意識，這才憶起與當初的情人似乎也是這樣的分手，說不清原因，永遠感到抱歉。

幾日後，辭呈核准的公文下來了。午休時，我在自動櫃員機將我負擔的房租的一半轉帳給男友，午休後回來就看到核准消息，平靜地在信箱裡躺著，無論點不點閱，它的應允都在那裡。

公司唯獨此處像著乾脆爽朗的情人，不會像歌詞一樣，激動地求我別走，抱得我都痛；但也不會明明走遠還回首掬一滴清淚，並微笑著說祝你幸福；只是求仁得仁地比較像是按了登出就跳出一個視窗寫著：您已登出。一方面覺得如此公事公辦還真是苛刻，但想想先恩斷義絕的是我，公司轉臉無情也無可厚非。

我默默拍下轉帳單據給男友，傳訊息說，這個月房租匯過去了。他收到了，另外附註一句，暫時不給我房租也無所謂啦。

其實辭職前很早就反覆討論過，在無垠無涯的睡前宇宙談天時間，說起工作細數哀怨如白髮，清清楚楚，也毛毛躁躁，一根拔去又一根翹起，但又說不清楚工作哪裡不好。認真講起離職，男友倒也沒有很驚訝，說，好啊那我養你吧。聽到這句話莫名高興了一下，但其實心裡也明白自己到底不會成為這樣的豢養關係，也不是古早世代把家庭經濟血緣感情全綁在一起的複合單位。個人與個人，願意培養長久關係彼此扶一把只是百萬分之一的僥倖，但也明白，自我，從來都不是別人的責任。每每與母親談起這觀念總是讓她驚駭，什麼不是別人的責任？你們在一起就要互相扶持（她振振有詞念「互相湖慈」）。媽媽經下收五千字，我全都明白，但我得先自己照顧自己。

離職前已經準備好一點錢，買一段時間，暫時讓自己嘗嘗自由的滋味，失業的滋味。說起來，還是跟離開一段關係很像，自此處離開，恢復單身，大概會為單身歡呼一下，為單身焦慮一下，然後又思索著要不要進入另一段關係。

不過人到底都是孤獨的，有伴到最後，也還是一個人。我與男友交往前就聊過的，聽起來，真是非常踏實的一句話。

有一天，我還是得從你身邊辭職，無論是哪一天。

有一部分的醫學院學生沒有失業過，從實習、住院醫師、考過專科、研究醫師、應聘主治醫師，大半的人一輩子都在醫院或診所裡，男友也是這樣的軌跡。但有時公事忙，夜裡回來，他總要抱怨幾句，逃避著不想工作，辭職好了。

「好啊，人總是要嘗嘗失業的滋味，就像嘗過失戀的滋味，」我說，這第一句是苛刻作弄，第二句是，「你想清楚，如果你不去上班了，我會立刻回去工作。」這是真心。

五一　兒子賊

辭職後收入短少，五元十元都要當心著捏在手裡用。

回老家前通知父親母親：要回去囉。其實是則密碼，父母會自動轉譯。每對親子之間有不同的轉譯機制，有的朋友難得回家最希望舒服補眠，爸媽就會轉譯成：趕快把房間收拾乾淨、換上新床單新枕套、最好插上電蚊香驅蚊，點上精油助眠；有的朋友已經當媽，只想拋夫棄子回鄉放空，不願受干擾，總是帶副耳塞，一只眼罩，一張面膜，一席懶人毯和一個全罩式耳機，久了老父老母也知趣，在女兒回來前自己先出國度假，留個空屋供她清淨清淨。

當我傳去返家消息，母親總反問要吃什麼？要買什麼水果。我答不必，但密碼總是會被轉譯成當季蔬果製成菜肴一桌。今天吃不完，明天再帶走，臨出門前總是左一袋瓜果右一袋日用。每一種食物都有一份醫囑，一個身世：蘋果助消化，龍眼補氣血，芝麻養髮，腰果養生。或是取走親戚自產的蜂蜜一罐，父親朋友贈送的鹿谷鄉凍頂烏龍一包，或是參加了某某遠親小孩的婚禮得到的喜餅一盒，父母年邁不能多吃，委託我帶走別浪費。

這些高級品總不願自己收走獨占，相對的，我偏愛去廚房拿一點醋，一點胡椒，一些八角桂皮香料。拿的時候倒也沒有感到罪惡，換算起來只是幾銀幾角的東西，還可以向母親解釋，這些用不到太多的調料佐料，一時半刻消耗不掉，買了就只能堆著，母親還會拿起塑膠袋、保鮮盒幫忙分裝，問我要滷肉嗎還是酸辣湯，一邊取物一邊聊起食譜，問起男友愛吃什麼，下回請他來，她會煮給他吃。

但有些東西我只得偷偷拿，比方衛生紙，牙刷，牙膏，毛巾或抹布，這些本該自己買的日常雜用，但自母親遺傳來的能省一點是一點的節儉心態，躡手躡腳走進房裡，翻開母親如聚寶盆般的儲物櫃，自屯貨區裡不動聲色地拿走一包一支一條，並欲蓋彌彰地重新排列物品。害怕這樣的行徑被母親發覺，會讓她擔心我是否三餐不繼，連刷牙都是件奢侈的事，於是失竊的受害者還悲憫地替小偷打包東西，恭送出門，如此，真讓我這個兒子賊感到負擔。

每個小孩都是賊，多多少少偷走父母一點東西。

雖然蕭條易代，不同以往，但偶爾還是會聽見同學朋友間指責出嫁的女兒回家拿東西的行為叫做女兒賊，我總要想著這個世界的兒子拿走的東西才多著，財產，土地，公司，栽培，但我始終不願在他人面前插嘴，替他們各自的關係贅言什麼。

我們這些成了賊的孩子，悄悄偷走父母的一小塊，而父母也悄然允許遭竊，相知不語，曖昧不明，一點點小愛情，也不容外人用道德這把歪曲的尺丈量、置喙。

五二 車

因為工作的關係，得搬離現在住處，並買一輛代步工具。

醫生男友事前參考了很多不同意見。網路看車，網路看房。什麼都是網路，資訊太多，我總懷疑，這個世界的人在踏出下一步時，早就預見未來之事了嗎。

到了看車處，迎接我們的汽車業務原本是修車黑手，修車二十年後車禍，手傷，無法繼續工作，轉來賣車。他說一開始心態是很抗拒的，會當黑手的人自知自己本來就不油嘴滑舌，所以才專心修車修了二十年。只是因為太太跟他說：你就當作跟來修車的人解釋車子就好了。

其實，在這句話前，太太可是說了很直截了當的話，說他學歷不高，也沒有其他工作經驗，但沒有人比你懂車子，「你就當作跟別人解釋就好了」像是寬慰。

的確，聽他介紹車子不像生意往來，不像週年慶的櫃哥櫃姐被逼著把東西塞到顧客手上，什麼話都說得出來。偏偏把人捧上天堂的，都是鬼話。幾次下來，聽他說話，當真是聽一個黑手在跟自己抱怨這臺車引擎爛在哪裡，這臺車隔音不好，另一臺車性價比低，但因為外型可愛，很多婆媽愛買，跟朋友約逛街喝下午茶遠遠看到車頭紅色飾線就知道「啊那是某某姐ㄟ車啦」。

我們在討論和試乘的過程中覺得他太直白，僅一種態度：沒有非要你買，也不想跟你客氣來客氣去，嚴肅，不苟言笑。直到確定訂車後，他轉身去櫃檯電腦拿資料，我才從他一個躍升的輕盈小跳步，看出那麼一絲絲雀躍的情緒。

等他回來坐定，他放鬆地聊起了自己的家庭和小孩：一對兄妹，太太懷孕時，儘管老父老母不說，但暗地裡仍有期望，他只得跟家裡神龕上的菩薩求子，果然得子；第二胎時，太太一樣跟菩薩求女，說女兒貼心，後來果然得女。老大是家裡的破壞狂，喜歡把所有玩具都摔了拆了，用塑膠袋包起來，等爸爸回來修。修車二十年的業務回到家打開袋子，巧手用黏著劑、螺絲釘修補玩具，易如反掌的事情，只是有些邊邊角角碎裂，再也救不回來，跟兒子說：你看，就算我們再努力，有些東西還是救不回來的。一對兄妹活潑好動，後來都送學校游泳隊培訓，他知道孩子都是拴不住的馬，長大都要水游山驛。

玩具摔壞還能修，生命一條，可不能裝在袋子裡，等他用黏著劑、螺絲、板手修好，只能讓他們學著替自己負責。

這是屬於業務的故事。

購車後，我們準備搬家，先把大件行李託付貨運公司，把剩下易壞的、貴重的全都帶在身上，小車頓時也沉得八風吹不動。幾個小時的路程，接過貨運公司將行李送達的電話，社區管理員詢問該將十餘件紙箱擱置何處的電話，碰巧十分鐘後我們就抵達新居處，自小車中卸貨，借了推車把東西送上樓，以免造成管理員困擾。

新居落成，男友也自此開著新車往返工作與住處。偶然會想起，幼時父親開著紅色小喜美載著我們上山下海的日子，總會問我與哥哥以後想買什麼車子。哥哥一開始會回答把推進器推到底就會衝刺會飛翔的霹靂車；而對車毫無野心的我，想著父親這臺小喜美什麼都好，唯獨紅色的令我覺得太顯眼，回應他：買一臺墨綠色的車好了，我不開，給你開。

我和母親聊買車，母親關心我但車子她是毫無研究的，說不上幾句話，只是問買多少？什麼顏色？幾日後父親與我並坐客廳看電視，欲言又止地倒茶喝茶，開口發語又捨去，最後還是問了：你朋友買哪個牌子的？

我照實回答，某牌子某個型號。

父親大讚，這臺引擎好喔，進口ㄟ，美麥美麥。父親總會用日臺語的方式，把「engine」念成「言盡」，好像一種點到為止的詞彙。

這是父親第一次問到關於我男友的細節。

母親是不是總是趁我不在的時候，暗度陳倉地把我男友的現況一一透露給父親知道？一開始我總要想父親恐是覺得自己介入同志兒子的感情世界會不會造成尷尬而作罷，後來想想，父親也從來都不直接問哥哥關於他的女朋友的任何枝微末節之事。可能父親也早早體認到事實了，閃躲無益，不如直接問想知道的事情。

我想起汽車業務在簽約那天開車送我們回來，途中他突然提到，多年前，有個到中國布展場、當主管、拿好幾倍薪水的機會，公司主管相中了個性穩重又對汽車聊若指掌的他。本來想著：去那裡拚個十年回來吧，把荷包賺飽，從此就不愁生活。剛生下一對兒女的太太本來支持他的決定，到底先生的前途，有他自己的想法，但夜裡還是忍不住跟他說了：只是等你回來，小孩都大了。

他想想，也對，放棄這個機會，留下來陪小孩子修玩具。

下車前，我跟他說：小孩子會記得的。

業務開心的笑了。

有些故事其實也不必寫，不必誰來巧心捏型，他們活著，故事，隱喻，都飽滿紮實的在那裡。他的兒子手中的玩具或許只是個引子，一個藉口。

如同我的父親小心地探問，其實，他探問的，是我未來的人生。

五三 他鄉

第二次搬家，搬得比第一次更遠了。

吃飯時，總要盯著自己那拿得過高的筷子，中國人總是有那套俗俚：筷子拿得近嫁得近，拿得遠嫁得遠。父親母親都是很會拿筷子的人，夾貢丸夾滷蛋沒什麼難的，夾滑不溜丟的湯麵，或是勾了濃芡的酸辣湯裡的木耳豆腐也是輕而易舉；哥哥從小到大都不會拿筷子，與其說拿，不如說握，事後知道是小時候有一年春節，哥哥貪玩，把炮仗握在手裡，來不及放飛，就在手中炸開一朵煙花，手掌雖然並無大礙，只留下一點燒燙皮肉傷的痕跡，但總還是些微影響了手部指節的發育；而我總是學著父親母親拿筷子的方法，學久了，覺得中規中矩，再長大些就挑戰自己可以拿得多高，經年累月，練就了現在可以拿著長竹筷炒菜而不被油爆燙傷的手法，就連湯匙也總是用指尖捏著尾端，性格裡總是有那麼一點小小的不安分，我與父母的分離，隱然也是性格裡的注定。

要搬第二次家了，跟著醫生男友的工作離開盆地。這個決定並不突然，許多夜裡我們總在討論的，就是在種種命運潮汐的不確定裡，有點貪心地打造起危舟般的人生計畫，若一方因工作不得不遷離原有的都市，另一方是否也要放棄原本的而相隨，種種。我曾以為那是結了婚的夫妻才有的煩惱，至此，我們也不得不審慎地划著自己的槳，朝著想要的方向前進。

搬家數月前我總還是掛念年邁的父母，想著別像前一次一樣知情不報了，再害怕他們的失落情緒，總還是要誠實以告。我先是跟母親坦言，說明理由原因和將落腳的城市，當晚父親就知情，這次他們反而沒有太大的情緒，好像知道總是留不住似的。

等到我們搬好家，我傳了張自住家陽臺向外拍攝的照片給母親，要他們放心。隔次我返家看他們，父親興沖沖地跑來問我是不是搬到某某市某某區的某條路去了，附近轉角還有某某國小對不對？我驚訝著怎麼都知道，母親在一旁說破，說，恁老爸去那個租屋網，看你傳來ㄟ相片，觀察附近的地標，一猜就猜出是哪個租案。我想起自己小時候也因著落枕等千奇百怪的理由，憑著曾經被母親載著的路程印象，尋覓著地標路牌，自己走到母親的公司所在的那些寂寞童年日子。

父母親的此刻，一定是有點寂寞，又有點思念，才會在雲端街景裡，找到我的居所。

《愛在他鄉》（Brooklyn）主角伊莉絲離開愛爾蘭家鄉，到布魯克林工作。當年的美國仍是尋夢者的天堂，許多新移民離開家鄉紛紛進入美國找尋機會翻身，追求自己想望的事物。曾經羨慕姐姐有好工作、好友有豐沛異性緣的伊莉絲，在布魯克林搖身一變，也成了有一份百貨銷售員工作和好人緣的美麗女人，並和一名義大利年輕男子東尼相戀，互許終身。此刻愛爾蘭傳來噩耗，最疼愛伊莉絲的姐姐因病過世，母親又孤身一人，伊莉絲不得不趕回家鄉陪伴年邁的母親。此刻走在愛爾蘭街頭的，已經不是當年毫無魅力的少女伊莉絲，而是外表時尚、又有專業技能、有著高雅氣韻的女人伊莉絲。她不僅繼承了姐姐的會計工作，還與當地富二代交往，看似擁有一切的此時，遠在布魯克林的丈夫東尼不斷捎信問候，拉扯著伊莉絲在此地與他方之間搖擺著。一次在與愛爾蘭打工時的雇主交談時，雇主對伊莉絲已婚的消息知情，並以此做為調侃、威脅。但伊莉絲並沒有害怕，反而在與新歡舊愛、故鄉他鄉的糾結當中掙脫，訂了船票，趕回美國。母親儘管難過，但知小女兒的選擇，只是說了一句：你嫁的，一定是好人。就轉身上樓，不忍相送。

看到這裡，觀眾或許疑惑，認為伊莉絲是受到脅迫，覺得愛爾蘭的小鎮民風保守，她是無臉繼續待在故鄉才離開。然而，我總是想到片末的甲板上，伊莉絲對著也想去美國尋夢的女孩說「愛爾蘭就像永遠的家鄉一樣」時，那個遙往遠方，不捨，但又決心向前的眼神：

在入境處你要睜大眼睛，看起來就像你清楚自己的方向。你會想家到痛不欲生，除了忍耐別無他法。你會撐過去的，你不會被打倒。有一天太陽會升起，朦朧的曙光也許讓你無法察覺，然後你會發現你自己在想著和過去毫無關聯的人事物，一個只屬於你的人，你會發現，你的人生就在這裡。

我彷佛與伊莉絲相同，逃離故鄉，在新的地方建立自己的他鄉，故鄉是一次的，不能選擇的，我曾經背棄它，也是在背棄後，才了解必須負起的收拾責任。然而他鄉是自己選擇的，我負起了背棄的責任。

這次，我負起選擇的責任。

離開前，我抄下新家地址給他們，開玩笑地說要寄東西來喔。其實也不冀望他們寄什麼，大概是說著：我在這裡，這般的掛念不下。

拾掇行李走出家門，我知道母親在我身後遲遲未轉身，仍隔著鐵門柵欄看我。我不回頭，叮嚀要她趕緊進屋休息，逕自轉身下樓，搭上不停在岔路轉轍的列車，回到越搬越遠的住處，想著那裡有男友，有該做的家事要做，購物買菜該買什麼，工作未完成的進度。煮好一桌晚餐等門，伊人歸來，擁抱，親吻。

我在他鄉生活裡不經意地拾起這些，以為是普通的玻璃彈珠，細看是愛情的珠玉。

那些漸去漸遠的事物。
謝謝他們，
在普通都成了奢望的年代裡
讓我成為一個普通的人。

微文學28

普通的戀愛

作者　謝凱特
主編　楊淑媚
責任編輯　朱晏瑭
封面繪者　徐世賢 mooillu.com
封面設計　李佳隆
內文設計　李佳隆
校對　謝凱特、朱晏瑭、楊淑媚
行銷企劃　許文薰

第五編輯部總監　梁芳春
董事長　趙政岷
出版者　時報文化出版企業股份有限公司
地址　108019臺北市和平西路三段240號7樓
發行專線　（02）2306-6842
讀者服務專線　0800231705、（02）2304-7103
讀者服務傳真　（02）2304-6858
郵撥　19344724時報文化出版公司
信箱　10899臺北華江橋郵局第99信箱
時報悅讀網　www.readingtimes.com.tw
電子郵件信箱　yoho@readingtimes.com.tw
法律顧問　理律法律事務所　陳長文律師、李念祖律師

時報文化出版公司成立於1975年，並於1999年股票上櫃公開發行，於2008年脫離中時集團非屬旺中，以「尊重智慧與創意的文化事業」為信念。

印刷　勁達印刷有限公司
初版一刷　2018年12月7日
初版四刷　2023年3月23日
定價　新臺幣350元
（缺頁或破損的書，請寄回更換）

普通的戀愛 / 謝凱特作．——初版．——臺北市：時報文化，2018.12　面；公分．ISBN 978-957-13-7615-8（平裝）

855　　107019580